LE

FANTASTIQUE

EN ANJOU.

UNE NUIT TERRIBLE

PAR GEORGES KELB.

ANGERS
IMPRIMERIE-LIBRAIRIE DE E. BARASSÉ,
RUE SAINT-LAUD, 83.

1862

LE

FANTASTIQUE

EN ANJOU.

UNE NUIT TERRIBLE

PAR GEORGES KELB.

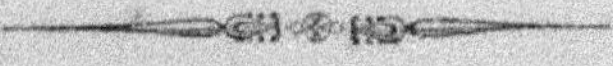

ANGERS

IMPRIMERIE-LIBRAIRIE DE E. BARASSÉ,

RUE SAINT-LAUD, 83.

1862

LE FANTASTIQUE EN ANJOU

UNE NUIT TERRIBLE

En 1834, je fus le héros ou plutôt la victime d'une si étrange aventure, que je n'hésite pas, malgré l'incrédulité qui pourra l'accueillir, à en faire part au public. La franchise que je vais audacieusement déployer dans ce récit, fera peut-être éclore chez mes compatriotes une audace analogue. Plusieurs d'entre eux, sans doute, ensevelissent dans leur mémoire des souvenirs que la seule crainte des railleries empêche de mettre au jour. Leur silence ne veut point dire qu'ils aient été à l'abri d'attaques, que des esprits superficiels regardent comme impossibles; il signifie seulement que le ridicule, attaché par la mode à certaines croyances et à un certain genre de terreurs, les effraie trop pour qu'ils osent parler. En un mot, ils sont discrets par intimidation, et c'est la peur qui les pousse à cacher leur peur. Eh bien! moi, je me dévoue; et à cause du péril à courir, je me trouve plus de mérites que si je bravais la mort. J'attache le grelot, lecteur, pour encourager tes confidences: au fait extraordinaire que je vais raconter, viens ajouter hardiment le vigoureux appui des faits extraordinaires dont tu as été le témoin et que tu as si profondément dissimulés jusqu'ici. Nous pourrons peut-être avec ces nombreux et sérieux éléments fonder une science là où règne le chaos, et découvrir une loi là où triomphe la fantaisie : à coup sûr, nous ferons jaillir la lumière sur un sujet qu'on s'obstine à maintenir dans l'ombre, et nous ferons voir que les savants qui rient sont plus ignorants encore que les ignorants dont ils rient. C'est un résultat qui vaut, certes, la peine qu'on brave, pour un instant, le reproche d'esprit faible.

Là-dessus, j'entre en matière : Sur la fin d'un jour de congé que j'avais je ne sais plus comment employé, je fus rencontré par un de mes oncles qui me pria de lui rendre un important service. Il s'agissait de partir immédiatement pour Segré, sous-préfecture célèbre, située à neuf lieues d'Angers, et de le représenter à un rendez-vous qu'il avait donné pour le lendemain. L'affaire était de telle importance (telle, dans le sens de si petite) qu'elle pouvait être examinée, discutée et résolue sans danger par un rhétoricien. J'acceptai avec empressement, autant pour obliger un excellent oncle que pour le plaisir de changer de place. Je consentis donc à partir sans délai; mais il était cinq heures du soir, et le courrier ne m'attendait plus; il était nécessaire de noliser un tilbury, et pour le reste de s'en rapporter à mes talents. L'assentiment de ma famille ne me fit pas défaut. Je courus chez M. Sacabrides, loueur connu de chevaux et de voitures, et ne trouvai plus qu'un seul cheval au fond de ses écuries. Assurément, si j'avais eu la liberté de choisir, ce n'est point sur celui-là que mon choix serait tombé, car le dédain, dont son isolement était la preuve, semblait très-justifié par sa triste apparence et admirablement proportionné à ses frappants mérites. Mais, d'un côté, l'affaire était pressante; d'un autre, je tenais beaucoup à entreprendre ce petit voyage : je me décidai donc à l'accepter pour compagnon. « Qu'on l'attèle, » dis-je, pourvu qu'il fasse deux lieues à l'heure. » On m'assura qu'il était capable de plus, que ses moyens étaient supérieurs à sa mine, et qu'il était une application vivante de cette vérité : Les apparences sont trompeuses. M. Sacabrides alla jusqu'à me dire que c'était un cheval qui cachait son jeu. Comme il joue, dans mon histoire, un rôle fort important en qualité de cause occasionnelle, je suis tenté de croire, d'ailleurs, que la destinée avait pris soin exprès de le mettre sur ma route, et je suis aujourd'hui persuadé que je le tins des mains mêmes des puissances avec lesquelles j'entrai en lutte.

A cinq heures et demie le cheval était prêt, je sautai sur mon siége et nous partîmes. Nous traversâmes les faubourgs sous une allure très-convenable, et je regardai le plaisir de diriger un cheval comme une des plus grandes jouissances que l'homme puisse se donner. Au sortir de la ville, n'étant plus distrait par les embarras de la rue et ne sachant à quoi penser, mes idées se portèrent naturellement sur ce que j'avais sous les yeux, c'est-à-dire sur mon cheval.

« O le cheval de louage, pensai-je, ô le plus infortuné des quadrupèdes, livré en plein désert, et loin du bras protecteur de la loi Grammont, à la brutalité et à la folie du premier étourdi, qui peut, sans payer plus cher et sans crainte d'amende, le surmener ou le maltraiter ! O Sacabrides, le plus à plaindre des propriétaires de chevaux, qui est forcé, par état, de confier tes pensionnaires à des imprudents, des gens féroces, peut-être à des voleurs ! O le triste commerce qui expose à perdre cent cinquante francs pour en gagner dix autres ! Qui peut pousser dans une carrière pareille si ce n'est un grand désespoir, une peine d'amour par exemple ? Que dis-je ! Je cherche des motifs ! Le dévouement en a-t-il ? Un semblable métier s'explique seulement par l'abnégation. Ceux qui l'exercent l'ont volontairement embrassé , et pas un , que je sache, n'y a été contraint. Laissons-leur donc intact le mérite de cette belle conduite, et ajoutons seulement une victime de plus à celles qui étaient déjà comptées comme nécessaires au maintien d'une société : le cheval de louage est une conséquence déplorable de la civilisation, et le louage des chevaux une nécessité malheureuse de notre état social. »

A peine finissais-je ces philanthropiques réflexions, que mon hypocrite quadrupède commença à dévoiler son caractère et m'en laissa voir peu à peu toute la noirceur. D'un trot soutenu, il passa à un trot capricieux, et d'un trot capricieux à un simple pas relevé dégénérant souvent en impudentes stations. « Ceci ne peut me convenir, dis-je paisiblement, vu le cas pressant où je suis engagé. Je ne crois pas être exigeant en demandant au moins deux lieues à l'heure ; ne trottons pas, si tu veux, du même train qu'un carrossier normand, mais il faut marcher, que diable ! un peu plus vite qu'un homme à pied. A ce compte, je n'avais pas besoin de m'embarrasser de ta personne ni d'une voiture que je ne pourrais trainer à moi tout seul, et je n'ai pas promis dix francs, il me semble, pour courir les risques de me voir dépasser par un facteur rural ! » Rien ne fit. Alors je devins précisément l'étourdi, l'imprudent, le brutal, auquel je faisais tout à l'heure allusion. — J'empoignai le fouet et m'en servis, comme d'une épée, à deux mains. Peine perdue ! Je n'en marchai pas plus vite, et ma colère n'en fut qu'à peine soulagée. A neuf heures et demie du soir, en pleine nuit, j'entrais donc piteusement à Vern, à cinq lieues d'Angers. Une lieue à l'heure, au début ! que sera-ce à la fin ! Je redoutai de passer toute la nuit sur la route; je craignis même, en insistant, de voir mon cheval crever entre mes bras, car le malheureux avait l'air de déployer tous ses moyens (combien à ce moment je savais peu à qui j'avais affaire !), et je crus la considération suffisante pour autoriser l'interruption du voyage. Quand on se trouve sollicité, en sens contraire, par plusieurs intérêts, il ne faut pas chercher de demi-moyens de ceux qui ont l'air d'être la meilleure solution, parce qu'ils semblent satisfaire à moitié deux exigences opposées. C'est la plus mauvaise manière de se tirer d'embarras, et la source de malheurs plus grands encore que ceux que l'on redoute déjà. Il faut choisir de tous ces intérêts le plus puissant, quel qu'il soit et dans quelque sens qu'il parle, l'embrasser exclusivement et y sacrifier tous les autres. En appliquant cette règle à la circonstance, on dira donc de moi que j'ai su prendre le meilleur des partis en renonçant au rendez-vous, en m'arrêtant à Vern et y commandant à souper. Pendant ce temps, me dis-je, le quadrupède reprendra ses sens et puisera les forces nouvelles qui lui sont nécessaires pour me ramener à Angers. Je me serai conduit en homme prudent, qui sait obéir à la force majeure, et je serai certainement félicité, par mon oncle, sur la manière intelligente dont j'aurai interprété ses ordres et rempli sa mission.

Je soupai fort convenablement, servi par une très-jolie personne, et en tête à tête avec une bouteille de ce bon vin d'Anjou, capiteux et mousseux, pantagruélion local, ignoré du reste de la France, qui rend gais les gens tristes, qui rend fous les gens gais, consolateur sûr de toute peine, ami dévoué de toute joie, ornement de la vie angevine, pourvoyeur incessant du Charenton départemental! Coteaux dorés des Bruandières, ce furent vous qui produisîtes le pétillant nectar du souper mémorable qui inaugura cette terrible nuit! La jeune fille qui me servait portait une de ces physionomies comme j'aime à en rencontrer chez les femmes, de ces physionomies dont le premier aspect annonce la décision : quelque chose de résolu sans toucher en rien à l'effronterie, quelque chose de hardi sans rappeler en rien la virago. Elle était blonde! Les jolies blondes sont certainement beaucoup plus rares que les jolies brunes; mais elles sont jolies entre toutes et forment, à mon avis, l'élite des jolies femmes. Souvenons-nous que Vénus était blonde, ainsi qu'Ève, notre mère, et la marquise, amie de Fontenelle, et la charmante Guiccioli, et qu'il y a quelque présomption en ma faveur, puisque la poésie, la religion, la philosophie et l'antiquité sont tombées d'accord sur ce point, et apportent leur opinion à l'appui de mon goût. Anna, comme je l'entendis appeler, était donc une belle blonde de dix-huit à dix-neuf ans, grande, bien prise, et de ce charmant et léger embonpoint qui est l'apanage de la jeunesse et le signe certain d'une riche nature. Ses beaux cheveux, relevés de chaque côté, s'enfuyaient en arrière en suivant mille ondulations, non de ces courbes raides qui sentent la modiste et le fer banal du coiffeur, mais de ces ondulations naturelles et faiblement accentuées qui donnent du vaporeux à l'ensemble du visage, semblent nées dans le voisinage torride d'un brasier satanique, et écloses sous le doigt brûlant du maître des enfers. Ses sourcils foncés et presque en ligne droite, donnaient à sa physionomie cette expression particulière qui m'avait frappé tout d'abord. La régularité inflexible de la ligne est, en effet, le signe naturel et forcé de la plus raide des qualités morales, c'est-à-dire de la fermeté de caractère. Ses yeux, sans être noirs, respiraient, par contraste, une véritable douceur. Mais on sentait que cet état benin n'était qu'un état passager amené par la circonstance qui n'exigeait point un autre déploiement, puisqu'il s'agissait tout simplement de servir le souper d'un voyageur attardé. On devinait que la moindre étincelle de passion devait promptement chasser cette expression féminine et la remplacer par un regard direct, ardent et profond, qui ne pouvait manquer d'impressionner vivement, partant de deux beaux yeux abrités sous l'ombre de deux sourcils adorablement implacables. Le nez était régulier et le menton charmant; les lèvres animées et légèrement épaisses exhalaient un délicieux parfum de sensualité, non de cette sensualité grossière et dominante, qui fait loi chez l'individu, absorbe et abrutit son intelligence, mais de cette exquise et délicate sensualité qui est presque un sentiment, car elle n'apparait que pour compléter et embellir les sentiments humains, attrait terrestre, mais attrait charmant, l'allié non l'ennemi de l'intelligence, introducteur séduisant des passions, symptôme infaillible de puissants charmes corporels! Vraiment, tous les sens de cette jeune fille semblaient réfugiés et condensés sur ses lèvres! Ah! dirait un romancier, un baiser sur cette bouche, dussé-je retomber foudroyé (mais ceci n'est pas un roman)! Telle était l'attrayante jeune fille que j'avais sous les yeux. On dit des femmes qu'elles sont faites pour charmer. O Anna! combien donc ce soir-là tu étais dans ton rôle! Avec quelle puissante vigueur, avec quel ensemble prodigieux tu faisais vibrer chez un collégien la corde intelligente et la corde sensible! La vulgarité même de ses apparentes fonctions ne pouvait couper court au travail de mon esprit, ni changer en rien la nature de mes impressions. Ceux qui connaissent le vin d'Anjou (je parle des bons crûs, et des vrais connaisseurs) soutiendront peut-être qu'il n'était pas étranger à la direction que mes idées avaient prise, et, au premier aspect, leur prétention paraitra vraisemblable. Mais en approfondissant la question, il faudra bien reconnaitre que cette fille portait en elle quelque chose de singulier, et qu'il y avait un point de départ très-réel aux exagérations qu'on puise toujours dans les flacons. Car, maintes fois, j'avais eu affaire au vin d'Anjon, et autant de fois cette prestigieuse liqueur avait embelli à mes yeux les servantes et leurs maitresses (au point de les confondre les unes avec les autres), mais sans jamais atteindre à cet étrange effet que la personne d'Anna avait produit sur mon esprit. Le résultat de tout ceci fut que je me montrai, à son égard, d'une timidité puérile et, en vérité, ridicule. Un grand défaut de mon naturel venait encore faire effort dans le même sens, et exagérer les suites de cette première impression: Autant je suis à mon aise avec les hommes, quels qu'ils soient, ou en présence de la plupart des femmes, autant je suis gêné et impuissant à la phrase vis-à-vis d'une femme qui me plait: Aussi une femme que je trouve charmante ne manquera-t-elle jamais de s'en apercevoir, et c'est là que brillera l'éclatante supériorité du tact féminin. Il y a des hommes à qui cinquante allusions blessantes, de moins en moins voilées, seront insuffisantes à faire ouvrir les yeux, et pour les empêcher d'en rire, si d'ailleurs vous tenez à ce qu'ils n'en ignorent pas le but, vous serez obligé de leur dire en face : « Monsieur, c'est de vous que je parle, c'est vous-même que j'appelle tricheur, impoli ou brutal... ... » Ah! qu'une femme est plus fine, quand il s'agit d'elle-même, et que sa beauté et sa grâce sont en jeu. Que pensez-vous qu'il lui faille pour vous deviner jusqu'au fond? Peu de chose ; c'est encore trop. Elle n'a besoin de rien, lecteur. Les femmes sont, en ce point, de véritables pythonisses, et la coquetterie est le puissant dieu qui les inspire. Je ne puis expliquer autrement qu'une femme se sache suivie sans avoir détourné la tête, et se sente regardée sans avoir tourné les yeux de mon côté. Je contemplai donc Anna de la même manière que je contemple toutes les femmes qui me plaisent, c'est-à-dire que je la regardai à peine. Je l'entendais, avec infiniment de plaisir, circuler autour de moi, mais j'avais besoin de mettre en avant une banale question pour oser lever les yeux sur les siens, et regarder tout aussitôt à côté. Malgré cela, j'eus le temps de voir qu'Anna n'ignorait pas l'aimable impression qu'elle avait faite. La timidité n'étant pas dans sa nature, ce n'est pas à sa contenance que je dus de faire cette remarque : c'est au regard limpide et particulièrement profond qu'un des miens eut le bonheur de croiser rapidement, à peu près entre le rôti et le dessert, et au moment précis où je fis descendre aux deux tiers le niveau intérieur de mon flacon. Je fis en somme un délicieux souper. Je me versai lentement le dernier tiers d'ambroisie, et j'allumai, avec une béatitude toute terrestre, le cigare amené par la situation.

« Ah ! ah! me dis-je enfin en me promenant tout autour de la table dans le petit salon où j'étais renfermé, assez de calme, assez de silence, assez de paix, assez de sottise ont présidé jusqu'ici au détail et à l'ensemble de ma conduite. Je me trouve, par un heureux hasard, en présence d'une de ces rares personnes, comme j'en ai souvent rêvé sur les bancs du collége, d'une de ces étranges et séduisantes figures, comme Hoffmann en aurait pu concevoir, et je laisserais passer une telle apparition sans lui dire autre chose que les vulgaires propos d'un dîneur affamé ! « Donnez-moi du pain moins brûlé, par exemple, ou commandez-moi une omelette de quatre œufs. » Non ! mille fois non ! mais que dire alors? Je ne sais ce que j'éprouve en sa présence, je n'ose même pas la fixer du regard, et les paroles viennent expirer sur mes lèvres. Je m'embourbe là où le plus timide des commis-voyageurs passerait en sautillant comme un triomphateur, et je m'effraie de ce que le premier conscrit de nos dépôts traiterait simplement de bagatelle. Suis-je donc moins favorisé que ces deux classes de citoyens ? Allons ! le sort en est jeté et mon heure est venue : onze heures cinq minutes ! La nuit la plus noire est tombée sur le bourg ; pas une âme qui ne dorme dans Vern, et à l'auberge du Canonnier Français, il n'y a sur pied que moi, Anna et les hôtes discrets de l'écurie, dont j'entends vaguement résonner les sabots. Il est impossible de trouver un cadre plus heureux à la scène que j'ai en tête. Je vais frapper sur ce verre : la belle Anna s'empressera d'accourir, je débuterai par des lieux communs, et je me confie ensuite à mon étoile pour faire dégénérer l'entretien et particulariser la situation. »

Sur cette héroïque conclusion je levai le couteau fatal; mais un bruit subit m'arrêta. Oui, j'entends bien. Ce sont des pas dans le corridor; des pas de femme, je le sens aux battements de mon cœur (comme disent les romanciers). Ils s'approchent, ils sont incertains. A quoi bon hésiter, chère Anna? n'as-tu pas lu dans mes yeux que tu n'avais rien à craindre? A la bonne heure; la porte s'ébranle enfin et s'entr'ouve doucement, et je vis entrer ma moderne Hébé, plus séduisante qu'elle ne m'était encore apparue.–Plus d'assiette écornée, plus de serviette grossière entre ses jolies mains! plus rien de vulgaire sur sa poétique et ravissante personne! La même expression règne toujours sur ses traits, mais il me semble qu'un peu d'hésitation est venue mitiger son incompréhensible assurance. Je savais bien qu'il y avait une femme là-dessous! Tout à l'heure, lorsqu'elle était entrée, on pouvait soutenir que c'était pour apporter des fruits (elle en portait une assiette); mais maintenant, c'est évidemment pour moi et pour moi seul qu'elle apparait. Je vois d'ici certains lecteurs se renverser dans leur fauteuil et s'écrier en jetant le livre: « Ce garçon est vraiment d'une insupportable ineptie; il n'a pas compris que cette fille venait tout naturellement desservir son souper. » Non, monsieur, non. Mille pardons, madame, mille pardons. Et le côté poétique, je vous prie, que deviendra-t-il avec vos explications? On ne vit pas seulement pour la table, les affaires et les chiffres. L'homme a besoin des ailes de la poésie pour s'élever de temps en temps au-dessus des premières couches de l'atmosphère. Il périrait, s'il restait toujours nez à nez avec la réalité. Tous les grands génies ont recommandé cette hygiène de l'âme. Et le côté fantastique, s'il vous plait, quelle place conservera-t-il avec vos interprétations? Le merveilleux n'est-il pas un des premiers besoins de l'esprit humain? Voyez: La nature travaille ouvertement sous nos yeux, et, cependant, nous ne cessons d'attribuer ses œuvres à des pouvoirs surnaturels, tant est puissant l'instinct fatal qui nous domine. L'incroyable, voilà ce qui se croit le mieux: aussi le retrouve-t-on dans toutes les religions, et l'expérience nous montre qu'il n'y en a point encore assez, puisque les peuples ont eu besoin d'y ajouter les superstitions. Tout ceci est pour prouver qu'Anna était venue simplement à mon intention. Aussi, pourquoi m'avoir contredit ?

Mis subitement en demeure par l'arrivée d'Anna, je déployai dans cette circonstance le courage momentané du cerf aux abois, et mon audace fut une exacte copie de celle d'un lièvre acculé au pied d'un mur. Je portai la main à mon chapeau avec une apparente aisance, et faisant trois pas à sa rencontre, je lui dis après un léger salut : « Mademoiselle... hum ! Mademoiselle Anna... hum ! Voudriez-vous avoir la bonté de faire atteler. » Ce fut tout ce que je pus trouver après d'incroyables efforts. Anna me regarda sans mot dire, ses lèvres dessinèrent un de ces imperceptibles sourires qui sont la plus sanglante des railleries, pendant que ses yeux, animés d'un feu demi-couvert, paraissaient exprimer le regret et le désappointement. Elle inclina silencieusement la tête et se retira. A peine seul, je retrouvai tout mon sang-froid, et ce fut contre moi-même que j'en fis le premier usage. « Ah ! brute ! m'écriai-je, en me frappant la tête; ah ! sot animal ! tu as désiré mille fois, sans oser l'espérer, une rencontre comme celle-ci : on te l'envoie, et tu la laisses s'évanouir? Voilà tout le profit que tu sais en tirer ! Ah ! digne monture de muletier ! rival heureux des élèves d'un gardeur d'oies, tu seras bien reçu maintenant à pousser des plaintes ou à faire des requêtes ! Penser qu'une femme se rencontre trois quarts d'heure avant minuit dans la solitude d'une auberge, où règne en maître le rassurant silence d'un sommeil campagnard, une femme qui te plait d'une étrange façon et qui n'a pas trop l'air de te vouloir de mal ; tu aurais pour elle oublié ton rendez-vous, l'heure de ton départ, ton lit, ta classe du lendemain... Que sais-je encore? Et tu ne trouves après réflexion rien autre chose à dire que « faites atteler ma voiture. O l'ingénieux début ! Ah ! la spirituelle idée ! » Je n'en pensai pas plus long, j'enfonçai mon chapeau sur mes yeux, décidé à ne pas la revoir, pour ne plus rencontrer son ironique sourire ; j'ouvris doucement la porte, de manière à ne pas éveiller l'attention, je me faufilai dans l'ombre du corridor et débouchai enfin dans la grande rue, sans rencontrer personne. Un garçon d'écurie, à demi-vêtu et tout à fait endormi, y complétait en grommelant l'équipement de mon coursier. C'est là que je payai ma dépense et la sienne, et je m'aperçus qu'il avait mangé avec une vigueur directement inverse de celle avec laquelle il avait marché, anomalie bizarre que je ne pouvais prévoir. Un cheval de carton ne devrait-il pas se passer d'avoine ?

Lorsque tout fut prêt, le bras levé et le fouet au bout du bras, je ne pus me résoudre à donner à Rossinante le signal du départ, avant d'avoir jeté sur l'hôtel un dernier coup d'œil. Une seule fenêtre y était éclairée, de sorte que mon regard ne manqua pas d'y courir. Un rideau était légèrement replié et me laissait voir, au travers de la vitre, l'éclair des deux yeux d'Anna, et un franc rire sur sa jolie bouche. C'en était trop, je jetai le fouet dans son fourreau, et sans hésitation comme sans calcul, sans embarras et sans timidité, j'envoyai un vivant baiser à l'apparition de la fenêtre. Et maintenant... hue !... hue donc !... Et nous partîmes donc tout d'un trait.

La nuit était profondément obscure : pas une étoile n'apparaissait au ciel qui roulait d'épais et sombres nuages. Un vent violent et très-froid soufflait par raffales et faisait craquer de temps en temps les arbres de la route. Leurs branches tourmentées et entre-choquées par ce terrible vent de nord, semblaient se pencher en avant avec intention et m'indiquer ironiquement la route d'Angers. C'était une vraie nuit d'aventures, une nuit faite pour exciter l'imagination et la préparer d'avance aux subites et étranges rencontres que l'isolement, l'heure avancée, la tempête même rendaient facilement présumables. Il y a, pour notre malheur (disent certaines nourrices), des êtres indéfinissables, transfuges de notre sphère, munis d'un reste tel d'organisation, que le désordre des éléments et l'épaisseur de la nuit soient une invitation irrésistible à commencer leurs singuliers ébats, et poursuivre la malfaisante mission qu'ils se sont arrogée. Ce n'est pas à eux, mais à d'honnêtes vivants que peuvent plaire jamais le calme et la lumière. Alors quand la nature est profondément bouleversée, quand l'ombre enveloppe la surface de notre monde, il n'est pas difficile (avec un peu de bonne volonté) de sentir de froids contacts, au milieu des coups de vents qui s'acharnent à tourmenter vos cheveux. Il est aisé (en s'y prêtant un peu) de distinguer des voix inconnues au milieu des bruits mêlés de l'ouragan; et l'occasion ne manque pas (pourvu qu'on soit à bonne distance) d'apercevoir, avec effroi, des formes indécises et tristement explicables au sein des sombres masses que l'obscurité de la nuit dispose en cercle autour de vous. Sans honte donc, vous pouvez sentir le sang se glacer dans les veines, et le cœur s'arrêter dans la poitrine, car votre bravoure vous sera d'un faible secours dans une lutte inégale, où vous aurez contre vous l'infériorité des armes et celle de la nature.

Pour moi, cependant, je nefis point usage de cette permission d'avoir peur, et je ne m'impressionnai pas du tout des conditions défavorables où je me trouvais jeté. Je n'étais point dans la disposition d'esprit qui eût été nécessaire pour écouter les avertissements de la crainte et saisir le côté effrayant de la nature qui m'entourait. Ma stupide conversation avec Anna n'a pas dû faire oublier au lecteur que j'étais monté en voiture au sortir de la table: disons-le sans vergogne, l'impression que me causa cette belle jeune fille ne fut pas suffisante pour neutraliser l'effet du vin des Bruandières. Je dois donc à la vérité de dire qu'en dépit de l'âpreté du vent et de l'horreur profonde de la nuit, malgré les sinistres contours des nuages et les étranges mouvements des arbres, au mépris de l'orage qui rendait parmi les branches un bruit vague et continu, véritable et effrayant langage, sourd à l'écho de la route, qui, pendant cette nuit, apportait à mes oreilles, avec une netteté et une sonorité désolantes, le bruit retentissant des sabots de mon cheval, au point de croire à la poursuite de quelque cavalier inconnu, j'étais gai et même très-gai ! — Rien de triste ne s'offrait à mon esprit. Mon fouet claquait sans façon au milieu de la bourrasque et mêlait bravement son petit bruit au fracas des éléments. Les arbres étaient pour moi des arbres, et les sifflements du vent, des sifflements de vent : cela peut-être ne serait pas arrivé à tout le monde. Je me lançais au grand trot, avec une aimable confiance, et au plus épais des ténèbres, sans penser seulement à allumer mes lanternes : et mon état mental ne me laissa point l'occasion d'apercevoir cet oubli. On ne pouvait, du reste, considérer comme lumière, l'éclat mourant d'un bout de cigare que je conservais machinalement entre les dents. Mon souper, il faut le dire, me trottait sans cesse dans la cervelle, et je n'y pouvais songer sans un amer sentiment de regret et de dépit, et quoique le baiser final fut venu atténuer un peu le mauvais effet de mes premières maladresses, je n'en restai pas moins écrasé sous l'accusation de ma conscience qui me traitait ouvertement de poltron, de niais et de collégien. Aussi cherchai-je bien vite un autre sujet de méditation. Comme en venant, et pour la même raison, ce fut mon cheval qui se présenta le premier. « Ah ! coquin, pensai-je, comme tu sais trotter maintenant que tu reviens vers l'écurie ! Avais-je tort quand je te croyais à bout de forces ! Avais-je tort surtout de déplorer ton sort et celui de ton maître ! Je ne m'étonne plus maintenant que l'on confie aussi aisément un cheval de louage. C'est l'animal qui se défend le mieux de la création. Le surmener ? c'est impossible ; le brutaliser ? il ne sent rien ; le tuer ? car on peut en avoir l'idée dans sa légitime colère, les tribunaux nous forceraient à le payer sur le pied d'un véritable cheval; le voler ? on ne vole pas des choses aussi inutiles. Ainsi, voilà sur terre un être assez heureux pour être à la fois à l'abri de la fatigue et à l'abri des coups ; les chances de mort violente n'existent pas pour lui, et, pour comble, il se rit des voleurs ! Y a-t-il quelque part condition meilleure ? N'être soumis à rien qu'à l'action lente du temps, loi suprême de toutes les créatures ! Quel homme, roi ou pape, riche ou pauvre, peut se dire muni d'un pareil privilége? Et toi, trop heureux Sacabrides, commerçant de choses certaines, spéculateur à coup sûr, je croyais ton pain gagné fiévreusement sur le tapis du hasard, je supposais ta vie continuellement aux prises avec les risques et la fortune, j'y vois clair maintenant : Les profits que tu fais n'ont rien d'aléatoire et ton commerce rien d'imprudent. Je te plaignais d'exercer un état qui me semblait livrer autant à la prudence, à la raison, au bon sens du voyageur. Ta confiance me paraissait mal placée et tes gains trop enveloppés d'incertitude. Quelle erreur était la mienne, et quel habile homme tu fais ! Ce n'est point sur une donnée aussi douteuse que la sagesse humaine que tu as posé le problème de la fortune. Tu n'as rien laissé à la chance, et le moral du voyageur n'entre pour rien dans tes calculs. Fait inouï en arithmétique, un seul élément te suffit pour poser le problème et le résoudre : cet élément, c'est le cheval de louage. Quel gaillard ! il fait tout et décide de tout à lui seul, car tu n'es pas là, et c'est lui qui me mène ! »

Quelque riche en aperçus que puisse paraître le sujet que j'avais choisi, j'en trouvai vite le fond cependant, conformément à la loi d'impuissance qui domine l'esprit humain. Il me fut impossible de creuser plus avant, et les coups de fouet que j'appliquai à mon cheval plus pour ma satisfaction que pour l'accélération de sa marche, n'en firent plus sortir qu'une vague et indécise poussière. L'esprit étant au repos, sa préoccupation dominante prit le dessus, et l'image d'Anna y fit une soudaine et triomphante irruption. Je n'essayai plus de la chasser, c'eût été peine perdue. « Comment peut-il se faire qu'une aussi charmante personne soit confinée dans une auberge de village et qu'elle y exerce un emploi si peu relevé ? Evidemment, il y a là-dessous un mystère. Jamais ces jolies mains n'ont dû laver la vaisselle, jamais cette jolie taille n'a pu être à la disposition du premier bras de roulier qui aura brandi un verre bien plein sous ces poutres enfumées. Ne serait-elle pas par hasard la fille du maître d'hôtel ? Non. J'y pense maintenant : entre une fille d'aubergiste et une servante d'auberge, la différence est assez peu tranchée, pour qu'on puisse repousser cette seconde hypothèse avec le même empressement que la première. Non, rien de tout cela ne peut s'appliquer à Anna. Si j'en crois ses yeux fauves et sa svelte tournure, c'est plutôt une des douze Walkyries, la belle Frigga, par exemple, tantôt gracieuse, quand elle sert à table le guerrier son amant, tantôt terrible, quand elle s'élance à cheval au milieu du combat pour désigner les morts. »

Comme je finissais cette aventureuse méditation, un son lointain parvint à mes oreilles. L'horloge d'un village placé au vent dans les terres sonnait lentement minuit. Suivant l'habitude des gens inoccupés, qui ne réfléchissent qu'à défaut d'autre chose, ce nouveau bruit m'absorba désormais et je me mis religieusement à compter les coups : Un, deux..., dix, onze, et au douzième j'étais par terre au milieu d'un épouvantable fracas. — Je n'avais rien vu, ni rien senti. Quand je pus lier deux idées, ce qui demanda quelque temps, je me trouvai, sans aucune transition, à plat ventre sur la route et le nez dans la poussière, l'esprit nageant dans un océan de vague et la conscience enchevêtrée sous des montagnes de nuages. Enfin, peu à peu je repris connaissance, ou il me le sembla. Je me levai sur un coude, puis sur deux, et regardai : il faisait nuit noire ; à dix pas autour de moi, extrême limite où l'œil pouvait pénétrer, régnait la solitude la plus complète. Il ne me restait plus qu'à écouter, et j'entendis alors en sens inverse de la direction que je suivais et s'éloignant de plus en plus, un roulement précipité entremêlé de coups de fouet. Je crus entrevoir un coin de la vérité : « Ah ! vil égoïste, m'écriai-je, en montrant le poing au fuyard inconnu, ce n'est pas assez d'avoir heurté brutalement mon léger tilbury, tu t'empresses de fuir craignant d'avoir un homme blessé, mort peut-être, à relever, des dommages-intérêts à payer, peut-être un emprisonnement à subir. Tu n'es pas satisfait de voyager sans lanternes, il te faut encore désarçonner les gens et ne les point ramasser, et une contravention suffit pour effrayer ta charité. Tu nargues du même coup la police et la morale, et tu oublies l'amour de ton prochain le même jour que ton briquet ! Quoi ! postillon du diable, pas de cœur et pas même une allumette ! O les hommes, ô la nuit, ô les chevaux complices des hommes ! »

Après m'être ainsi soulagé, je me dressai sur les genoux, puis

sans trop de peine je me trouvai sur pied J'étais un peu étourdi, mais sans aucune blessure. Mon véhicule dépourvu de capote et de tablier m'avait sans la moindre opposition laissé rebondir sur la route, et le choc avait été si subit, si violent et si inattendu, que je n'avais eu ni le temps ni la pensée de me cramponner quelque part. Chose étonnante! je n'ai aucune souvenance du temps qui s'est écoulé entre le dernier moment où j'occupai mon siége et le premier où j'embrassai la terre. Les sentiments que j'éprouvai pendant cette période de transition sont lettre morte pour moi, et je perds en eux certainement matière à observation. Quoique effectué dans le temps et dans l'espace, ce transbordement fut si rapide, qu'il échappa totalement à ma conscience. C'est un résultat que je ne puis envisager sans tristesse : ainsi, mon sens intime n'est pas plus diligent que mes sens extérieurs. Quand je fais tourner rapidement un tison bien allumé, mon œil est paresseux au point de voir le tison en même temps sur tous les points de la circonférence; de sorte qu'un vulgaire charbon, pourvu qu'il soit incandescent, lui apparait alors sous la forme sacrosainte d'une auréole. Dans la chute que je venais de faire, ma mémoire fut encore plus blâmable : loin de me rendre un compte inexact comme cela lui arrive quelquefois, elle ne m'en rendit pas du tout. La réflexion ne fut pas plus heureuse, car elle commença à se mettre en batterie, quand le phénomène fut passé. Ceci m'étonna moins, et je reconnus bien à cette promptitude la nonchalante mère de la pesante sagesse. Ces deux respectables matrones arrivent presque toujours quand il n'est plus temps. L'à-propos n'est pas leur fort et elles ne brillent pas par la dextérité Ces dames sont de puissants engins, mais peu maniables; elles lancent, il est vrai, des projectiles écrasants, mais il faut être paralytique pour s'en laisser écraser. Aussi leurs grands succès ont presque tous lieu au champ de manœuvre, et leurs triomphes ne sont guère que des triomphes de polygone. Ainsi l'intervalle de temps consacré à ma chute fut un intervalle de temps complétement perdu pour moi. Je le regrette encore aujourd'hui, car c'est le seul moment de ma vie où je sois forcé d'avouer que j'ai perdu mon temps. Une pareille assertion paraîtrait présomptueuse si je négligeais de l'expliquer. J'ai trois manières d'employer mon temps, et il n'y en a pas d'autres. Si vous en formuliez une quatrième, soyez sûr qu'elle rentrerait dans l'une ou l'autre des trois premières. On ne pourra donc pas m'accuser de prouver mon dire au moyen d'un dénombrement imparfait.

D'abord, je travaille. La loi du travail à laquelle tout homme est soumis, est si puissamment inscrite dans la raison, que ce serait folie d'aller contre. Aussi est-ce la loi que je me pique le plus d'observer. Pour n'y point déroger et sauver au moins le principe, il m'est arrivé maintes fois de consacrer au travail un quart d'heure et moins par jour.

Secondement, je m'amuse. La loi du plaisir à laquelle tout homme se soumet, est si solidement ancrée dans nos goûts, que ce serait sottise d'y faire obstacle. C'est par conséquent la loi que je m'efforce le plus d'appliquer. On m'a vu souvent, pour ne point contrarier le vœu de la nature, consacrer au plaisir des jours entiers et des nuits.

En troisième lieu, je m'ennuie. La loi du bâillement à laquelle un homme ne peut se soustraire, est si universellement pratiquée que ce serait mauvaise foi de la contester. Le consentement universel est une présomption, sinon une preuve, de vérité, et l'obéissance générale constitue peut-être ce qu'on appelle la légitimité d'un pouvoir (je ne parle pas de politique). Or, tout homme bâille et en fait bâiller un autre. Le bâillement est un ordre tacite et souverain. C'est un symptôme de sympathie, un trait d'union entre les hommes de tous les peuples. Combien de liaisons ont commencé par là, qui ne l'ont point regretté ; et Byron, le grand Byron n'a-t-il pas dit qu'on ne se marie que pour avoir quelqu'un devant qui bâiller. J'ai donc bien soin de consacrer par jour au moins une heure à l'ennui. J'y trouve encore un avantage pratique : une vie occupée exclusivement par le travail et par le plaisir, passe comme un éclair, et on est à peine né qu'il faut s'apprêter à mourir. On ne s'est pas senti vivre, quoique ce sentiment soit en lui-même délicieux. N'est-ce pas quelque chose de vivre, par exemple, comparativement à tant de gens qui sont morts. La jouissance est si douce et en même temps si fugitive qu'il faut l'étendre aussi loin que possible en avant et en arrière : donnons-nous donc le temps de la désirer, et prenons celui de nous en souvenir. C'est un résultat qu'il est facile d'atteindre en abandonnant quelques moments par jour à l'ennui.

Tous les instants de ma vie étant occupés de l'une ou l'autre de ces trois façons dont l'utilité est incontestable, et ces trois façons étant les seules connues et possibles de passer les heures, j'avais raison de dire qu'avant le coup de minuit qui signala mon premier désastre, je n'avais pas encore perdu la moindre parcelle de mon temps.

J'étais donc sur la route de Vern à Angers, seul, à pied, en plein minuit et au milieu d'une véritable tourmente. Je fis machinalement quelques pas en avant, lorsque l'idée me vint que j'avais eu naguère une voiture et un cheval. J'essayai de percer tout autour de moi l'épaisse obscurité qui pesait sur la campagne et qui, me parut-il, prolongeait ses ombres jusque dans mon cerveau. Une masse mobile se détachait en noir sur le fond sombre du tableau. J'y courus et je vis avec transports qu'il n'était point entré dans les intentions de mon attelage de revenir sans moi à Angers. A coup sûr une pareille condescendance ne se serait point rencontrée chez un demi-sang anglais. Sans perdre une minute, je saisis d'une main la rampe du tilbury et mis un pied léger sur le bord du marchepied. Mais quoi !... Est-il possible ?.. En croirai-je mes yeux ?... Une femme. Oui, lecteur, au moins une forme de femme enveloppée avec soin d'une ample mante à capuchon, une femme, dis-je, est assise sur les rudes coussins du tilbury. Deux mains fines, blanches, nerveuses, tenaient les rênes avec assurance et vigueur, et contiennent l'ardeur inusitée du cheval qui mord son frein avec une sincérité inconnue des rusés pensionnaires de Sacabrides. L'étonnement eut facilement raison de ma pesante cervelle déjà rigoureusement martelée par les événements de la nuit, et je restai, bouche ouverte, un pied en l'air et l'autre sur le marchepied, dans la posture allégorique et bien connue de la Fortune. Infortuné ! D'un charmant mouvement de tête, la belle fit glisser en arrière un des plis du capuchon, et j'entrevis alors les traits de la séduisante Anna. « Vous ne montez pas ? » dit-elle, avec cet accent que le plus léger sourire suffit à rendre irrésistible. En un clin d'œil mon autre pied fut de niveau avec le premier, et je tombai assis à ses côtés Ce fut comme un signal pour le cheval, qui partit aussitôt sans autre invitation et avec une rapidité foudroyante.

Que le lecteur, ici, n'aille point s'étonner de mon insouciance ni m'en réprimander. Si c'eût été un homme que la main du destin eût de cette bizarre façon déposé dans ma voiture, je n'aurais jamais consenti, sans le préliminaire d'une explication, à voyager de conserve et continuer ma route avec lui. Je lui aurais dit : « Monsieur, votre présence ici est à bon droit surprenante, et vous ne vous étonnerez pas si.... » Mais l'homme était une femme, une jeune, une jolie, une extraordinaire femme, une femme enfin complétement nouvelle pour moi. — A quoi bon, dès lors, éclaircir une position déjà si claire ? Discute-t-on son bonheur quand on vous l'apporte tout fait, et quelle force a-t-on pour l'analyse quand les désirs sont accomplis ? Ah ! c'est pour les sottises que me suggérera mon imagination, que je réserve l'entière brusquerie de ma logique. Ah ! c'est pour les balourdises que la sagesse de quelque grave esprit ne manquera pas de me conseiller que je ménage la brutalité d'un examen sévère ; mais lorsqu'une femme (je ne parle pas de toutes), lorsqu'une femme m'invitera, ne fût-ce que du geste, à courir avec elle les chances inconnues de l'entreprise la plus incertaine, je m'élancerai sur ses traces étouffant toute question, méprisant tout calcul, enterrant du même coup et le sens commun, cette raison du vulgaire, et la raison elle-même, qui est le partage des philosophes (disent-ils). J'aurai l'aveugle confiance et l'obéissance désespérée du néophyte : ma raison d'agir sera désormais la foi, cette divinité abstraite qui se rit de l'obscurité et joue avec l'erreur, car elle ne demande pour vivre ni lumière ni vraisemblance. La foi, suivant Rabelais, étant croyance aux choses de nulle apparence.

C'est en vertu de ces principes que je ne pris pas des mains d'Anna les rênes qu'elle manœuvrait si bien. Je ne lui demandai même pas si nous courions sur Angers ou sur Vern, à l'orient ou à l'occident, sur la grande route ou à travers les champs. Il me suffisait et au-delà d'être assis à ses côtés: peu m'importait le but du voyage, puisque j'y allais avec elle.

L'emploi qu'un jeune homme peut ou doit faire de ses deux mains, est une des questions les plus universellement posées et les moins tranchées que l'on connaisse. Il n'y a rien d'erratique dans cette proposition, et la règle des transitions qu'on ne peut violer, quand on a des prétentions à l'esprit de suite, quoique non apparente, est ici rigoureusement observée. — La liaison git dans les choses, sinon dans les mots. N'ayant plus aucune part à la direction du coursier dont la fougueuse allure ne laissait rien à désirer, je me trouvais forcément dans l'inaction la plus complète. Si j'eusse été à pied, j'aurais manié une canne; si j'eusse été au régiment, j'aurais eu la main sur la couture du pantalon; mais j'étais en voiture et à côté d'Anna. Que me restait-il à faire? Me croiser les bras? Fi! On ne dira jamais de moi que je me serai croisé les bras dans un galant tête-à-tête. Voici l'idée qui me vint, et vous jugerez si elle était heureuse: J'arrondis gracieusement le bras droit et j'en entourai la taille de ma voisine Simultanément, j'ouvris la bouche pour commencer la conversation, diviser l'attention de l'ennemi et faire passer inaperçu mon premier acte de hardiesse. « Comment, diable, ma chère Anna, vous trouviez-vous dans cette auberge?... »

— « Belle question! s'écria-t-elle, je vous y attendais! »

Mon stratagème avait réussi. On ne me fit pas d'observation sur la position un peu risquée que j'avais prise, et je pus même l'accentuer sans éveiller de soupçons.

— « C'est juste, » répondis-je, comme si je regrettais d'avoir fait une inutile demande.

Aujourd'hui que j'écris le récit de cette aventure, je ne puis penser sans une profonde surprise à l'état de lucidité incroyable où se trouva mon esprit pendant cette nuit célèbre. Les incidents les plus bizarres ne m'étonnèrent pas, je vis une raison d'être à des conversations en réalité inexplicables, je parlai pertinemment de choses dont j'ignorais le premier mot, enfin, je me trouvai aussi à mon aise au milieu d'un flot d'énigmes, que Newton au milieu de l'Apocalypse.

— « C'est très-juste ! repétai-je sur tous les tons qui peuvent signifier, par onomatopée, « excusez-moi ! je suis vraiment d'une distraction... »

— « Vous n'avez pas oublié vos pistolets ! »

— « Parbleu, si. Mais j'ai mon poignard de Sheffield, qui ne me quitte jamais Ne sera-t-il pas suffisant ?

— Si, mais il faut être adroit, car vous n'ignorez pas que mon cousin Rodolphe...

— Non, non... Je le sais par cœur, et il ne m'effraie guère. Ah ! ce pauvre Rodolphe !...

— Soyez prudent surtout, et n'allez pas compromettre notre succes par trop de vivacité

— Comptez sur moi, Anna ; vous serez surprise de mon a-propos et de mon sang-froid.

— Bien, Georges, merci ! Vous savez qu'il est inutile de brusquer les choses dès le début.

— Oui, puisque vous le voulez Mettons des formes.

— Vous resterez froid et silencieux vis à vis de mon oncle. Ma tante parle peu et ne vous gênera guère ; quant à Rodolphe, gardez-vous de l'exciter. N'ayez pas l'air de le craindre ; mais ne l'excitez pas, pour Dieu, ne l'excitez pas.

— N'ayez pas peur de cela, chère Anna. Ah ça ! entre nous, c'est donc un diable que ce Monsieur Rodolphe ?

— C'est mon cousin, vous le savez bien. Vous n'entrerez en action qu'à la chapelle...

— Nous allons donc à une chapelle ?

— Eh ! non, puisque la chapelle est dans le château.

— C'est ma foi vrai, je n'y pensais plus.

— Vous attendrez le moment où le prêtre se retournera pour échanger les anneaux, et c'est alors...

— Nous marions donc quelqu'un ?

— A quoi songez-vous ? Moi-même.

— Vous, Anna, vous ! Avec ce gredin de Rodolphe, je le devine. Ah ! mille tonnerres ! vous avez bien fait de compter sur moi. A-t-on cru que je souffrirais une horreur pareille ? Jamais, jamais : vous, ravissante Anna, aux mains d'un pareil drôle ! périssent plutôt lui-même, votre oncle, votre tante et moi avec eux tous, si vous le jugez nécessaire.

— Merci, Georges, merci ! s'écria ma belle voisine avec une chaleur qui porta mon exaltation à son comble. « Oh ! que j'aime à vous entendre parler ainsi ! Quelle confiance vous faites descendre en mon âme. Je vous devrai tout, puisque vous me sauverez de mon cousin. Cher Georges, quel bonheur de tout vous devoir ! parlez moi, de grâce, parlez moi encore, je veux être rassurée, parlez moi toujours !... »

Mais s'il est vrai qu'un peu d'enthousiasme ait pour effet de pousser à l'éloquence, il est aussi incontestable que beaucoup d'enthousiasme est une entrave à la parole. Or, à ce moment, j'en eus trop et même beaucoup trop, et la conversation s'en ressentit. En souffrit-elle ? Mes deux bras se rejoignirent autour de la taille fine et ronde de ma compagne, et sans proférer le moindre mot, mes lèvres allèrent chercher les siennes. Ah ! quel baiser ! On fait quelquefois de beaux rêves, lecteur, eh bien! pas un qui vaille ce baiser. Quand le premier moment d'abandon fut passé, quand la chaleur de ce premier feu commença à tomber, quand j'eus fini de puiser la langueur et la force, le courage et la faiblesse sur ses lèvres rouges et vivantes, quand j'eus rassasié mes yeux des ardentes étincelles que lançaient ses jolis yeux, je repris, d'une voix à peine distincte, le dernier sujet de conversation.

— Ainsi j'entrerai en scène en même temps que les anneaux.

— Oui, Georges, à ce moment seulement vous sortirez de votre réserve, vous vous avancerez entre nous et vous direz à haute voix : « Je m'oppose à ce mariage pour une raison que je ne suis pas le seul à connaitre. » A ce moment, vous ferez les gros yeux à Rodolphe, « et pour qu'on n'en ignore, je suis prêt à en fournir publiquement le détail. » Rodolphe sera abasourdi et ne pourra parler. Alors n'hésitez plus à dévoiler le mystère, advienne que pourra.

— Ah oui! advienne que pourra! je revèlerai tout, bien que ce soit très-difficile à dire. Mais je suis capable de plus encore pour vous débarrasser de ce monstre.

— Je crains seulement que la violence de mon cousin ne vous permette pas d'achever. C'est alors, cher Georges, que je me confie en vous : mon sort sera au bout de votre bras. Vous êtes mon seul appui

Je ne répondis que par une nouvelle étreinte qui était le meilleur des serments Il est des situations assez tendues pour que la plus sûre manière de se faire entendre ne soit pas toujours le langage, et un silence bien employé en dit souvent plus que de longs discours. Dans ce moment palpitant, tout m'était prétexte à étreinte, et je me souviens même que je l'embrassai plusieurs fois croyant lui dire : « Arrivons-nous bientôt ? »

Je ne puis dire en conscience où nous nous trouvions, ni quelle route nous avions suivie, bien que la lune, qui pendant l'entretien était apparue à grand peine entre les nuages, eût répandu sur la campagne une demi-lueur morne et blafarde. Je sais seulement que le temps continuait à être affreux et qu'une pluie glaciale venait s'ajouter par moment aux raffales de la tempête. Nous ne tardâmes pas cependant à changer brusquement de route, et je pus voir que nous galopions avec la même velocité au milieu d'une large et immense avenue dont je n'apercevais pas la fin. Des deux côtés s'élevaient deux gigantesques rangées d'ormes, dont les têtes ébranlées par le vent se balançaient en gémissant. A la clarté de la lune, leurs hautes statures projetaient mille ombres de toute forme sur le tapis de l'avenue : on eût dit des précipices qui nous barraient la route. Et nous courions toujours ! Enfin, sur le côté gauche, et grâce à une éclaircie dans cette sombre muraille, j'aperçus le chateau qui était le but du voyage C'était un immense édifice, presque une ville, qui s'élevait au milieu des eaux d'un vaste lac. Rien dans la construction n'indiquait une habitation de luxe ou de plaisance : c'était une ancienne forteresse construite en des temps de luttes et de guerres intérieures, mais qu'on avait appropriée aux exigences d'une époque plus paisible. Quatre grosses tours s'élevaient aux quatre coins, mais elles étaient couvertes de toits pointus et ne portaient plus de sentinelles. L'une d'elles, le donjon probablement, dépassait en hauteur toutes les autres, et soigneusement garnie de créneaux et de machicoulis, percée avec art de nombreuses meurtrières, elle avait dû être la citadelle de cette immense citadelle. Les façades intermédiaires étaient inégalement trouées de fenêtres, qui avaient été disposées sans la moindre considération pour le coup d'œil extérieur. On voyait que l'architecte de ces temps féodaux n'avait tenu compte dans son dessin que de la défense ou de la convenance intérieure. Malgré l'absence totale d'harmonie qui présidait à la disposition et à la dimension des ouvertures, l'aspect général était extrêmement imposant, et vu la disposition d'esprit où je me trouvais, je ne crains pas d'avouer qu'il me parut formidable. Quelques-unes de ces fenêtres étaient éclairées d'une flamme pâle et rougeâtre, qui annonçait des habitants. Rien n'était beau comme le reflet mobile et scintillant de ces lueurs, dans les eaux limpides et agitées par le vent, au milieu desquelles le sombre château était assis paisiblement comme un vieux solitaire endormi,

Lorsque nous fûmes arrivés à la hauteur de la dernière façade, nous quittâmes la grande avenue pour courir droit sur le château. Un premier pont franchi, il fallut attendre quelques minutes qu'on voulut bien ouvrir la porte. Pas un signe ne sortit des lèvres d'Anna ; quant à moi, j'étais trop ému, trop nouveau, trop dépaysé dans ces lieux pour hasarder le moindre mot. Cependant les deux battants tournèrent sur eux-mêmes, et lorsque nous passâmes sous la voûte, un homme, levant lentement une lanterne sourde, nous examina en silence et nous laissa passer sans la moindre question. Nous nous trouvâmes ensuite dans une vaste cour qu'il fallut quitter bientôt, pour tourner brusquement sur la gauche, en vertu de la tactique militaire du XVe siècle, et franchir encore un pont de pierre d'environ huit ou dix arches. Quel coup d'œil alors se présentait à mes yeux ! Du milieu de cette vaste nappe d'eau, toute la masse de l'édifice m'apparaissait à la fois. Ses grosses tours semblaient le flanquer avec orgueil. La lune donnait à son vieux toit un éclat bleuâtre et mélancolique, sa sombre poterne se dessinait terrible sous le saillant massif et crénelé qui défendait l'entrée ! Le pont-levis avait été remplacé par une arche de pierre ; mais quand la porte épaisse fut retombée dernière nous, un homme, qui me sembla sortir de la muraille, leva sur nous comme tout à l'heure une lanterne sourde, puis s'effaça pour nous laisser passer. Cette fois nous étions au cœur même de la place.

Je ne suis, je le crois du moins, pas plus facile à intimider que le plus assuré de mes lecteurs ; mais je reconnais franchement que le bruit retentissant produit sous cette longue voûte par l'humble ferrure du cheval de Sacabrides, fit sur mon moral un effet tout différent que celui que produit sur nos troupiers l'air de la casquette sonné par un clairon. Et quand le lourd portail retomba sur ses gonds, quand ces larges et sonores murailles en répétèrent le bruit sur un mode grave et lugubrement sourd que les échos du château prolongèrent comme à l'envi, j'avoue que mon courage montra la même faiblesse que les murailles de Jéricho au son des trompettes israélites. Ce qui troubla tout mon aplomb, c'est qu'il me sembla qu'en se refermant derrière moi, cette maudite porte m'avait invinciblement séparé du monde vivant, et je ne pouvais m'empêcher de penser qu'enfermé, seul de mon espèce dans ce sinistre manoir, je serais aussi faible contre les êtres qui le hantaient que je pourrais être ferme sur un sol chrétien en présence d'un homme réel.

Au sortir de la voûte, nous nous trouvâmes dans la cour intérieure du château : une partie seulement était éclairée par la lune, l'autre était enfouie sous l'ombre portée d'un des quatre corps de bâtiments. Pas un cri, pas un rire, pas un bruit de pas, pas un son vivant ne troublait le silence de cette effrayante solitude. Sur la face principale, quatre fenêtres seulement au rez-de-chaussée étaient éclairées d'une faible lumière. Un serviteur se trouva, je ne sais comment, à la tête du cheval, et sa vue ne contribua pas à me redonner mon assurance. Il était morne, tranquille et sombre, comme le désert de pierres où nous étions enfermés, et semblait détaché tout d'une pièce de la muraille voisine dont il avait la raideur et l'aspect glacial. On croira sans peine que toutes ces impressions changèrent rapidement un brave en poltron, et transformèrent mon activité et mon élan en lenteur et en hésitation Aussi Anna était-elle déjà à terre, que j'étais encore sur le siége, sérieusement alarmé de la tournure que prenait notre entreprise : je n'avais point compté sur un pareil théâtre, et je pressentais vaguement un genre d'adversaires contre lesquels les armes n'ont pas de prise et qui n'ont rien à craindre d'un bras vivant, parce qu'il n'est plus possible de leur ôter la vie. Cependant Anna me faisait signe de la suivre, et si je n'avais plus cette fougue galante qui me faisait courir au-devant de ses volontés et qui souhaitait les ordres les plus bizarres pour le seul plaisir de les exécuter, j'étais encore assez maître de moi pour obéir à cette vulgaire politesse qui ne permet pas à un homme de faire attendre une femme. Du reste, il ne faudrait pas croire que l'intimidation produite sur mon esprit par l'aspect inusité de tout ce qui m'entourait, eût cet effet malheureux d'anéantir complétement chez moi les facultés physiques ou morales. Je connais bien la surprise, mais non pas la panique. Dans toute occasion (même la plus entraînante), il y a toujours une partie de moi-même qui tient tête au courant. C'est celle-là qui morigène l'autre ou l'excite suivant les cas. C'est grâce à elle que je peux me livrer au plaisir de l'observation dans des circonstances même où on la suppose le moins possible. Il n'y a pas de désordre d'esprit assez puissant pour renverser cet obstiné curieux si solidement planté dans ma cervelle. Moi-même je n'y puis parvenir, et je n'ai pas encore réussi à me livrer, quoique je l'aie plus d'une fois essayé : il me serait, par exemple, tout à fait impossible de m'évanouir. Ainsi donc, en mettant pied à terre, le cœur me battait beaucoup plus fort qu'à l'ordinaire, mais ma contenance n'en souffrait pas, son apparence était tout aussi résolue, et mon intrépide compagne n'eut pas le moindre soupçon de la douche glaciale qui venait d'inonder le zèle chaleureux de son défenseur. Je la suivis au travers de la cour, calme et profondément vexé sans en avoir l'air.

Nous entrâmes d'abord dans un grand vestibule à peine éclairé par une seule lampe accrochée aux cornes de cerf qui ornaient la muraille. Ce vestibule était si grand et la lumière si faible, que je ne pus saisir aucun autre détail de son ameublement. Un domestique se leva à notre entrée, salua respectueusement mon guide et nous précéda sans plus attendre vers une grande porte, garnie d'une vieille tapisserie. Anna ne m'avait pas encore adressé la parole depuis notre arrivée. Ici elle me serra le bras d'une façon significative et me dit à l'oreille : « Rappelez-vous surtout mes recommandations et n'allez pas vous effrayer quand vous me verrez vous laisser seul. J'y serai forcée. Mais je serai bientôt de retour. » J'inclinai la tête et me préparai intérieurement à avoir le moins peur possible de ce que j'allais voir, car j'avais cru comprendre à la pression de sa main qu'un appel sérieux était fait à mon courage. Le valet souleva la tenture dont il semblait être un des personnages, grâces à ses formes plates et effacées, et se recula pour nous livrer passage. Pas un nom ne fut prononcé. Anna franchit le seuil, et je la suivis du plus près qu'il me fut possible, car elle me paraissait le seul être un peu vivant de cette terrible nécropole ; et en attendant le moment de la défendre, je me cramponnais à elle comme à mon seul espoir. Nous étions dans une immense salle mal éclairée, comme tout ce que j'ai vu de cette habitation. Rien d'extraordinaire ne vint d'abord frapper mes yeux, parce qu'un long, grand et vieux paravent de velours traçait, à partir de la porte d'entrée, un petit salon particulier dans ce vaste salon. Un grand feu devait brûler dans l'âtre, car je voyais au dessus de ce léger rempart, mille ombres mobiles voltiger sur les boiseries qui garnissaient les murailles, et, là, former en se jouant mille dessins fantastiques que l'imagination la plus rebelle pouvait aisément prendre pour la danse animée et fougueuse de quelques êtres surnaturels. Le fond de la salle restait toujours dans l'ombre, car les lueurs inégalement vives du foyer ne pouvaient envoyer leurs reflets jusque là.

Lorsque nous eûmes dépassé le dernier pan du paravent, je pus embrasser d'un seul coup d'œil l'ensemble même du foyer, la seule partie de la salle que nous n'eussions pas encore vue, la seule où je devais trouver enfin une première scène de cette singulière pièce où j'avais pris un rôle. J'avoue que ma première impression fut celle d'un profond plaisir et d'un immense soulagement. Au lieu de l'effrayant spectacle que mon imagination attendait et contre lequel je me tenais en garde, j'aperçus le tableau d'intérieur le plus paisible et les gens les plus inoffensifs en apparence : Un vieux monsieur du côté gauche du feu et une vieille dame du côté droit, et, entre eux, adossé à la cheminée, un grand jeune homme retroussant familièrement pour se chauffer les deux pans de sa redingote. Evidemment, j'étais en présence de l'oncle, de la tante et du cousin Rodolphe. Quoi de plus bourgeois que ce tranquille intérieur ! quoi de plus rassurant que cette simple scène de famille ! Et moi qui avais bâti à leur endroit les plus absurdes suppositions, combien je m'en voulais de les avoir ainsi méconnus ? J'avais le cœur déchargé d'un tel poids, que je les aurais volontiers embrassés tous de plaisir, si les recommandations que m'avait faites Anna ne me fussent revenues en mémoire. Je me contentai de m'incliner respectueusement à trois reprises, à mesure qu'Anna me présentait du geste à chacun de ses parents. Pas un mot ne sortit de leurs lèvres, et, en vérité, j'en fus ravi, car je n'aurais pu leur répondre sans que ma voix ne vint trahir mon émotion, dont j'aurais eu honte de laisser voir la moindre trace. Anna sortit presqu'aussitôt, comme elle me l'avait annoncé, et je m'assis dans un grand fauteuil, placé juste en face de la cheminée et du cousin Rodolphe. De là je me mis à examiner les trois personnes dont je venais troubler le silencieux tête-à-tête. Deux modestes candélabres ne répandaient guère de lumière dans la partie de la salle où nous étions retirés, et c'est aux flammes brillantes alimentées par les énormes bûches, presque des troncs qui brûlaient dans l'immense cheminée, que je dus de pouvoir faire un examen de quelque valeur. Les trois personnages me parurent alors beaucoup moins rassurants que je ne me l'étais figuré.

En première ligne, le vieux monsieur, enfoncé dans son fauteuil, était bien l'être auquel j'aurais le plus craint de toucher la main. Les yeux enfoncés profondément dans leurs orbites me regardaient avec une fixité terne et une absence d'expression qui me faisait froid jusqu'aux bout des pieds. Son crâne était chauve et jaune comme celui d'un squelette, et quand il plaçait la jambe droite sur la jambe gauche, ou la jambe gauche sur la jambe droite, vous eussiez dit un invalide qui frappe sa jambe de bois du bois de sa béquille. Quel son ! il ne me sortira jamais de la mémoire. Le cousin Rodolphe n'était pas plus attrayant, et ma répulsion pour sa personne s'augmenta encore des confidences d'Anna à son égard, je l'examinai avec grande attention, car enfin, c'était mon futur adversaire, et l'intérêt avec lequel je fis cette inspection n'était pas simplement un intérêt de curiosité. Il était de haute taille, comme je l'ai déjà dit, mais très-maigre. Ses cheveux noirs et rudes étaient coupés en brosse et venaient jusque sur son front dessiner une pointe abominablement hérissée. Sa face osseuse, brunie comme un vieux parchemin, ne portait pas un poil de barbe, mais était éclairée de deux véritables tisons. Non, ce n'étaient pas des yeux humains ces deux charbons ardents qui illuminaient d'une lueur sauvage les profondes cavités surmontées par ses soucils ! Il me parut, en somme, extrêmement redoutable, et je ne pouvais surtout observer sans inquiétude avec quelle parfaite impunité il restait adossé à notre immense brasier, avec quel soin jaloux il ramenait toujours en avant les basques de sa redingote, comme pour ne rien perdre de l'ardente chaleur du foyer, chaleur qui eût suffi à fondre sur place sa boucle de pantalon, s'il eût été un homme comme nous, et qui m'aurait incontestablement calciné si j'eusse été forcé de me tenir à sa place. « Sacrebleu , pensai-je tristement, voilà un gaillard que je ne démonterai pas facilement. Il est clair pour moi qu'il a des accointances avec l'enfer, car, à moins de permission spéciale, il me paraît difficile d'être à ce point incombustible. Je puis donc dire adieu à la victoire. Pour être ainsi cuirassé contre la flamme, ce monsieur doit être très-proche parent du diable, et il se sera précautionné contre le fer, comme il l'est déjà contre le feu. Comment tout cela finira-t-il, ô mon Dieu ? » Ces réflexions me paraissant sans réplique, ce fut la mort dans l'âme que je tournai les yeux sur le dernier personnage de ce sinistre groupe. Ah ! l'horrible petite vieille ! Elle portait une robe de soie, couleur feuille sèche, dont les plis rendaient de temps en temps ce frémissement si connu, particulier à la soie. Voilà, certes, un bruit qui n'a rien d'intimidant. Il est quelquefois un messager de bonne augure, très-souvent il nous paraît délicieux, et si parfois il annonçe un péril, ce n'est jamais qu'un de ces périls que nous aimerons toujours à braver. Eh bien, sortant du fauteuil de la vieille dame, il me glaça pourtant les os. Un capuchon de même étoffe lui couvrait à moitié le visage dont on n'apercevait distinctement que la partie inférieure. Ses mâchoires semblaient hermétiquement soudées, tant elles les tenaient serrées l'une contre l'autre. Ses lèvres minces et pâles dessinaient un perpétuel sourire et laissaient voir à tout moment deux rangées de dents à peu près complètes. Est-ce pour les laisser mieux voir que cette vieille ne parlait pas ? Je ne vois guère, en effet, qu'une jouissance extrême d'amour-propre qui puisse expliquer chez la femme une renonciation aussi incroyable aux jouissances du bavardage. Quoiqu'il en soit, l'aspect général était effrayant, et cette coquetterie surannée ne réussissait qu'à donner le frisson, tant elle semblait provenir de quelqu'infernale idée. Ah ! l'affreux sourire ! La mort, la mort elle-même ne doit pas ricaner autrement !

Peu satisfait du résultat de mes investigations, je ramenai lentement les yeux sur les jambes de Rodolphe, car je ne pouvais me résoudre à croiser son redoutable regard. « Le premier devoir d'un étranger, me dis-je, est, sans contredit, de prouver à ses hôtes qu'on est sensible à la franchise de leur hospitalité ; mais je vois d'instinct que je ne suis pas avec des hôtes ordinaires, et, sans aucun doute, ce n'est pas le lieu de placer ici les formules banales de notre humaine politesse. Ces gens-là ne sont pas de la même nature que moi ; je les soupçonne originaires d'un très-vilain pays. Ils ne me comprendront pas si je leur présente des excuses pour la grande hardiesse de les avoir visités sans le préliminaire d'une présentation détaillée. Il est vrai que je serai très-embarrassé pour expliquer le but de ma visite. Mais eux le savent sans doute, puisque ma présence ne les étonne pas et qu'il ne me font nulle question. Plaise à Dieu donc que l'idée de m'en faire ne leur survienne pas, car je ne pourrais les renseigner. Dois-je maintenant entamer une conversation sur la température, comme je l'ai vu faire à Angers ? Certes, l'excès inusité du mauvais temps enlève à ce thème une grande partie de sa banalité, et je pourrais parler de la pluie, exception assez rare, sans être ridicule, mais je leur trouve des mines tellement patibulaires, que le moindre effort pour les tirer de leur taciturnité me parait un acte de surprenant courage. Or, je n'en ai plus guère à dépenser ; je ne sais même s'il m'en restera assez pour susciter le grand scandale de la chapelle... Restons donc sur la défensive. Ce plan d'ailleurs a l'avantage de cadrer avec les recommandations d'Anna. Elle m'a supplié d'être réservé et prudent : je le serai jusqu'à l'exagération, c'est-à-dire que je ne dirai mot, à moins d'être interrogé. »

Là-dessus, je ne fis plus aucun effort pour trouver une entrée en matière digne de mes sinistres compagnons, je ne me préoccupai plus que de montrer à Rodolphe, dont je devinais le regard attaché sur moi, sinon une assurance véritable, du moins un fantôme convenable d'assurance. Ma première idée fut d'enfoncer crânement mes mains dans mes poches. Sans doute cette position revèle un esprit insouciant, peu facile à intimider et prêt à tout; mais elle est essentiellement de mauvais ton; et quoique, en compagnie de sauvages, je me crus obligé, pour l'honneur de l'Anjou, à quitter aussitôt cette vulgaire contenance. Je promenai alors mes mains le long de mon gilet, et mes doigts rencontrant une chaine de montre, je me pris machinalement à regarder l'heure ! Assurément, c'est le trait d'un homme sans préoccupation, maître de lui-même, et qui attend l'heure du péril du même esprit qu'il attendrait celle du rendez-vous, mais la bonne société a fort justement attaché à ce geste une mauvaise réputation, à cause de la diversité des interprétations qu'on en peut faire. Je m'empressai donc de repousser ma montre dans la poche de mon gilet. « On a beau, me dis-je, être emprisonné avec des revenants où à peu près, le savoir-vivre n'a rien à y voir, et ses règles sont bonnes à suivre même au pays des spectres. » Alors, en désespoir de cause, je me croisai tout simplement les mains; mais le voisinage de mes deux pouces leur ouvrant les idées, ils se mirent à tourner l'un autour de l'autre suivant un mode connu. Je ne tardai pas à mettre le holà. Incontestablement, cette tenue est un évident symptôme de quiétude d'esprit; elle signale une absence totale de soucis ; au fond, elle n'a rien d'impoli, cependant elle est du dernier négligé, et, à ce titre, doit être mise en réserve pour sa famille ou ses amis : « Or, pensai-je, je ne suis point avec ces trois personnes sur un pied de familiarité qui autorise une pareille dérogation aux grandes manières. Je ne dois même pas tenir à former une liaison plus intime, avant d'avoir examiné l'état civil de ces gaillards-là. Je ne m'attends pas à y faire d'encourageantes découvertes, car ils ressemblent plus à des cadavres, fraîchement sortis du tombeau, qu'à de bons vivants munis régulièrement de leur âme. Donc, de la diplomatie, et ne nous engageons pas, même par geste. » Je séparai mes mains l'une de l'autre, et les laissai alors retomber de chaque côté sur les bras de mon fauteuil ; puis je hasardai un coup d'œil général pour inspecter les physionomies de mes énigmatiques et silencieux compagnons. Mille tonnerres ! Je crus voir un sourire moqueur sur l'épouvantable masque des deux vieillards; je m'imaginai qu'ils avaient surpris mes pensées et jouissaient de mon embarras. Mais ce fut bien pis quand j'arrivai à Rodolphe ; j'étais deviné à n'en pouvoir douter : Rodolphe s'était croisé les bras et riait silencieusement, sans prendre même ce soin vulgaire de dissimuler à mes yeux l'expression et le motif de sa gaité. Ceci ne pouvait être toléré davantage, et je devins brave par amour-propre. Je vis dans cette raillerie d'outre-tombe plus qu'un affront personnel; je vis une lutte déclarée entre deux mondes : le monde surnaturel et le monde réel ; je vis un triomphe tenté par un mort sur un vivant, et je jurai qu'aucun spectre ne pourrait, à cause de moi, se vanter d'un avantage quelconque sur un homme de chair et d'os. Alors je mis narquoisement la jambe droite sur la jambe gauche comme le vieux monsieur, je me croisai audacieusement les bras à l'instar du cousin Rodolphe, je grimaçai le plus épouvantable des sourires à l'imitation de la vieille dame, et, me renversant nonchalamment dans mon fauteuil, je fixai du regard les deux escarboucles du cousin, d'un air qui voulait dire : « Tas de fantômes, si vous vous moquez de moi, je vous le rends bien ! »

Je ne sais ce qui serait sorti d'une position aussi tendue, si le bruit de la porte qui s'ouvrait n'eût détourné l'attention générale. J'entendis des pas de femme derrière le paravent, et Anna enfin, Anna fit son entrée dans notre petit cercle, interrompant fort à propos notre tacite et première escarmouche. C'était toujours la belle Anna du Canonnier Français et de la route d'Angers; mais la mante était tombée de ses épaules, et je pouvais enfin contempler tout à l'aise l'élégante châtelaine, la femme gracieuse et originale, faite pour l'ornement d'un boudoir et la perdition de plusieurs générations de célibataires, la femme enfin que j'avais soupçonnée avec tant de perspicacité sous les fonctions modeste d'une Hébé de village. Le mystère s'était expliqué, et je peux le dire à l'avantage complet de ma pénétration. Il est vrai que je n'avais pas prévu un château-fort, ni même une famille aussi décharnée, mais j'avais jugé que l'auberge de Vern n'était qu'un perchoir de passage pour un oiseau si charmant, et que le rôle de servante était foncièrement incompatible avec la supériorité native que j'avais lue dans ses yeux. C'est ici que je fis une singulière remarque, qui, tout en signalant un important détail, montrera à quelles chances trompeuses nos jugements sont soumis ; j'ai tort : à quelle certitude d'erreur l'esprit est voué dans ses impressions et la raison dans ses raisonnements. La belle Anna se trouvant pour la première fois tout auprès de son affreux cousin, je fus immédiatement frappé de la ressemblance profonde qui existait entre l'étrange éclat de leurs regards. C'était le même brillant et la même puissance incisive, c'était le même reflet brûlant et la même faculté d'intimidation. L'analogie était parfaite et sautait aux yeux. Cependant je jugeais dans les deux cas de la manière la plus opposée : Rodolphe m'était antipathique et à cause de ses yeux : et c'est à cause de ses yeux qu'Anna m'avait séduit. Ce qui me repoussait chez le cousin, était l'attrait principal de la cousine. Avant cette incroyable nuit, j'aurais juré qu'aucun trait d'une physionomie aussi choquante que celle de Rodolphe ne pourrait jamais se rencontrer chez une femme, objet de toute mon admiration, comme l'était Anna. J'aurais ainsi raisonné suivant toutes les règles.... et je me serai trompé. Pour expliquer cette erreur inévitable et cette curieuse anomalie, il faut avoir recours à l'empirisme : Certaines femmes ont un don charmant et précieux qu'elles tiennent de la nature, que l'éducation ne donne pas, que l'étude n'imite pas, et qui échappe à la définition sans cesser de nous crever les yeux. On le sent, on le voit et on ne peut pas le saisir; il défie l'examen et éclate à tout venant. Cette qualité si rare et si curieuse de quelques femmes, c'est le don de transformer et d'embellir, don inhérent à leur personne, inséparable d'elles-mêmes, et inimitable. On peut copier leur toilette, mais non pas leurs manières. Ces privilégiées peuvent exercer partout leur charmant privilège : elles sont à l'abri du plagiat. En principe, si j'aimais quelque part le régime aristocratique, ce serait certainement chez les femmes et à l'avantage de celles dont je parle. Si un pareil régime pouvait jamais s'établir, nous verrions alors en morale et en politique tout autant de sottises et d'erreurs qu'ont pu en enfanter douze siècles de monarchie, y compris les deux premières races, où pourtant la féodalité n'était guère constituée ; mais nous serions plus excusables en raison de nos motifs d'action et des influences nouvelles qui nous dirigeraient : car ces femmes exceptionnelles ont le même pouvoir dans l'ordre moral que dans l'ordre matériel. De même qu'elles savent rendre charmant un geste, une parure ou un mot qui chez un autre serait jugé ridicule, de même, elles peuvent nous faire trouver très-spirituelle une action de haute folie, et qui plus est nous la faire faire. Et si par hasard leurs principes ne sont pas nettement définis, en religion ou en morale, elles nous conseilleront avec succès toutes les violations des lois civiles, religieuses et politiques que leur fantaisie choisira, et nous, nous foulerons aux pieds le code, le catéchisme et la constitution, croyant encore, sur leur parole, accomplir des exploits. Les exemples de pareilles pressions et leurs inévitables conséquences ne sont pas même rares dans notre système actuel, où cependant la femme est forcée de s'en tenir à la suprématie de fait et de la maintenir par des efforts journaliers, n'ayant pu persuader au droit de sanctionner ses prétentions, et de la débarrasser par une charte de cette perpétuelle et fatigante surveillance. Eh bien ! sommes-nous si coupables, et faut-il nous savoir si mauvais gré de cette mollesse avec laquelle nous recevons l'ennemi ? Non A quoi pouvait nous servir la raison, puisque le premier geste de ces dames a été de la magnétiser ; et n'était-il pas naturel que nous fissions des sottises, puisque le premier effet de leur premier regard a été de faire tomber notre logique en catalepsie ? Par ce motif, on se trompera souvent, quand dans le monde on traitera de fou un homme d'ailleurs suffisamment intelligent, mais qui ne fait que des maladresses, qui ne connait que par ouï-dire les avantages de l'esprit de suite et de la sagesse, et réussirait plutôt à faire tomber la lune sur la terre qu'à pratiquer les convenances et l'à-propos. Peut-être y a t-il dans quelque coin du salon, ou dans quelque coin du monde, tout près ou très-loin, une pierre d'aimant ignorée, qui est la cause de toutes ces déviations et qui en changeant de place lui fait changer d'allures. Avant de le traiter de fou, il serait prudent de s'informer d'abord s'il n'est pas dans la manche de quelque charmante privilégiée. Pour en revenirà notre bouteille, comme dit Montaigne, c'était donc Anna qui, par grâce spéciale, donnait un charme si puissant et si sûr à une façon de regarder désagréable par elle-même, et qui brillait avec d'autant plus d'éclat chez son triste cousin, que rien dans la personne n'en venait balancer le malheureux effet. Après tout, puisque la question se réduit à une affaire de sexe, peut être ai-je tort de me montrer si sévère à l'égard de Rodolphe : par la même raison que j'admirais sa cousine, il eût pu plaire de son côté à une femme, peut-être à vous, Madame ? Qui sait ? Mais laissons cela.

Anna portait une robe blanche, simple et sans ornements, mais d'une forme si heureuse qu'elle faisait encore ressortir la richesse de sa taille, et d'un tissu si fin, si souple, si vaporeux, qu'elle en paraissait environnée comme d'un nuage. Ses cheveux, étant toujours ses beaux cheveux, étaient, preuve de goût, débarrassés de toute parure. Ah ! quel ensemble vraiment divin elle présentait, lorsqu'elle s'avança au milieu de nous avec son port de déesse, et vint prendre place auprès de sa tante. Je me levai à son entrée et me mis en devoir de lui avancer un fauteuil ; mais je n'eus pas le loisir d'achever à moi tout seul cet acte de politesse. Le cousin Rodolphe, en me voyant agir, se décida pourtant à quitter le devant du feu et vint m'imposer sa coopération. Placé dans l'alternative scabreuse de ne pas l'irriter, mais de ne pas avoir l'air de le craindre, je me contentai de tenir fortement un des bras du fauteuil; Rodolphe s'empara de l'autre, et nous le voiturâmes de concert jusqu'auprès de la vieille dame. Nous avions à peine regagné nos places, que des domestiques, entrant sans attendre des ordres (tout dans cette maison semblait se mouvoir suivant un plan conçu d'avance), repoussèrent un à un les pans du paravent et ouvrirent tout entière la porte du salon; je compris, sans peine, qu'il s'agissait de sortir, et de sortir en cérémonie, et que chaque pas désormais allait nous rapprocher du dénouement. J'ai déjà dit toute l'horreur que m'inspirait la petite vieille. Le lecteur se figurera donc quelle violence je dus me faire pour ne pas éluder ce devoir de politesse qui m'imposait de lui offrir la main. Combien j'eusse préféré la présenter à Anna! mais l'inconvenance eût été trop flagrante, et je me résignai à cette corvée imprévue, plaçant mon seul espoir dans l'épaisseur de mes gants. En effet, je n'avais pu prévoir, en partant d'Angers, que ma course aboutirait à une chapelle, et que ma mission de mandataire se changerait en la scandaleuse fonction de témoin-trouble-fête; j'avais cru simplement faire un voyage de dix lieues, et m'étais équipé en conséquence; au lieu de fins gants blancs, j'avais des gants de cheval, excellents contre le froid, la pluie et le cuir des rênes. Dieu en soit loué, ils devenaient mes sauveurs; et si au lieu d'être gants de daim, ils eussent été gantelets de dragons, je ne me serais point encore plaint. Ainsi, après m'être solidement blindé la main droite, est-ce avec assurance et tranquillité que je l'offris galamment à la vénérable douairière. Elle parut fort flattée de cette attention cependant si naturelle, se leva à grand'peine, en s'appuyant sur les bras de son fauteuil, et déposa enfin dans la mienne sa main desséchée, rude et jaune comme une feuille d'automne. « C'est bien cela, Madame. C'est tout à fait cela. Je ne sens rien du tout. Je puis vous conduire où vous voudrez. » Après cette réflexion désobligeante mais tacite, je me dirigeai lentement vers la porte, comme si je savais où nous devions aller, et cette absence d'embarras dans une position qui en comportait tant, est encore aujourd'hui pour moi un profond sujet d'étonnement. Le vieux châtelain avait pris le bras d'Anna, et nous suivait de près; quant à Rodolphe, il cheminait les deux mains derrière le dos au côté droit de sa cousine.

Nous traversâmes le grand vestibule d'entrée. La petite lampe était toujours accrochée à l'un des énormes bois de cerf qui garnissaient la muraille; mais deux valets placés à l'extrémité opposée et portant de longs flambeaux, jetaient cette fois-ci une clarté nécessaire à la sûreté de notre marche. Du reste, nous trouvâmes des groupes semblables échelonnés de distance en distance sur tout le parcours de notre promenade. Nous quittâmes le vestibule pour entrer dans un long corridor, puis dans une immense sale nue et voûtée, où les pas résonnaient avec une si parfaite sonorité, que je pus acquérir une assez triste conviction : c'est que les talons seuls de mes bottes produisaient tout le vacarme, et que les pas de mes compagnons n'étaient pour rien dans le bruit nouveau et mal séant qui venait réveiller l'écho, sans doute depuis longtemps endormi, de ces sombres arceaux et de ces profondes fenêtres. De la marche des indigènes, je ne pus jamais saisir que deux traces, le frémissement agaçant et ridiculement prétentieux de la robe de soie de la vieille dame, et le craquement sinistre et mal sonnant des tibias du vieux monsieur. Nous tournâmes enfin brusquement à angle droit, et je vis alors que tous les serviteurs, échelonnés sur notre route, s'étaient rangés à notre suite à mesure que nous défilions, et qu'ils nous composaient ainsi la plus étrange des escortes, tous pâles et blêmes comme de nouveaux décédés et invariablement armés d'un flambeau. Je devinai que nous n'étions pas loin de la chapelle que j'avais remarquée en passant sur l'avenue, grâce à sa fenêtre ogivale et ciselée comme une dentelle. Elle faisait corps avec le reste du château, et se trouvait auprès d'une des tours qui flanquaient la façade d'entrée. Ce qui me fit faire cette conjecture, ce fut l'itinéraire que nous avions suivie à travers le château. Le mauvais temps était, paraît-il, assez fort pour effrayer des gens qui, par constitution cependant, sont à l'abri des rhumes, et nous avions pris notre chemin par les galeries intérieures. Il est certain que pendant notre marche, les fenêtres à petits carreaux garnis de plomb furent battues par une pluie impétueuse. Le vent qui soufflait par les cheminées, ou pénétrait par les fentes des fenêtres, ébranlait des portes placées je ne sais où, avec un fracas dont les échos du château ne laissaient rien perdre, et rendait un son continu, tantôt aigu comme un puissant sifflet, tantôt grave et sourd, comme provenant d'une explosion lointaine. Il faut dire aussi que ces étroits couloirs, ces longs et hauts corridors, ces grandes salles dépourvues de tentures étaient un théâtre heureusement disposé pour les excentricités d'un violent vent du nord. Ceux qui savent démêler un son musical dans le bruit d'un carrosse qui roule sur le pavé, auraient plus facilement encore noté ici des phrases d'un singulier effet, comme grandiose dans le terrible et l'effrayant. Je sais pour moi que cette sauvage mélodie m'impressionna et même profondément. Nous étions en ce moment au pied d'un escalier à vis, dans une obscurité presque complète. Le jour ne pouvait venir que par la gueule étroite d'une meurtrière, percée à hauteur d'appui, évasée à l'intérieur et presque obstruée à l'extérieur par les touffes de lierre qui çà et là tapissaient les murs du château. Aussi est-ce à grand'-peine que les faibles rayons de la lune pouvaient se glisser dans un réduit si bien défendu, et ils n'y produisaient qu'un pitoyable effet. J'étais pour la première fois indécis, et j'allais me résoudre à réclamer le secours d'un des nombreux photophores de notre procession, quand une lueur brilla tout à coup en face de moi et me sauva, non sans un violent soubresaut, de l'ennui d'une interpellation. Une porte basse s'était ouverte à quelques pas et nous envoyait fort à propos une secourable lumière. Je la franchis en courbant la tête, et me trouvai dans le chœur même de la chapelle : nous étions enfin au terme du voyage. Je descendis jusque dans la nef, où de nombreux rangs de chaises étaient préparés. Je déposai ma compagne au premier rang de droite et me plaçai aussitôt à la dernière chaise du premier rang de gauche. « Si je suis dans les honneurs, pensai-je, ce que j'ignore encore, un maître de cérémonies viendra m'en faire ressouvenir, et il sera temps alors de fraterniser avec ces lugubres personnages. » Personne ne parut s'inquiéter de moi. Le vieux monsieur se plaça à côté de son épouse, Anna et son cousin occupèrent deux fauteuils en face de l'autel, et derrière nous tous, se rangea peu à peu l'innombrable foule des serviteurs ou prétendus serviteurs de ce château. Bon Dieu, y en avait-il ? Je renonçai à les compter, tant leur défilé me parut interminable. Comment purent-ils tous trouver place dans une chapelle fort peu grande en apparence ? Ce n'est point le sens borné d'un mortel qui peut trouver à ce fait une explication rassurante. Il n'y a point de raison humaine à donner d'un aussi prodigieux résultat. Pas un d'ailleurs ne se permit d'envahir mon banc, qui me fut acquis sans conteste. Et moi qui, en traversant le vestibule, avait eu en cachette la folle idée que nous pouvions aller vers la salle à manger, quelle chute fut la mienne! lorsqu'assis mélancoliquement sur une chaise, gardé à vue sans aucun doute par ces silencieuses cohortes, il me fallut renoncer à tout moyen dilatoire et me préparer sans remise au coup d'État dont j'avais pris l'initiative. En ce moment, des chants confus, insaisissables, ou plutôt des bourdonnements sans nom, qui ne paraissaient venir de nulle part et qui devaient venir de partout, frappèrent mes oreilles. La porte basse du chœur était restée ouverte, de sorte que le vent qui y trouvait passage apportait encore à cette sinistre psalmodie le puissant concours de son terrible langage. L'ensemble de ces sons produisait une hymne indéfinissable, assurément faite pour ébranler la raison la plus solide et le courage le plus robuste. Tantôt la mélodie empruntait quelques unes des intonations graves et cadencées des plus terribles de nos chants religieux, tantôt elle dégénérait en un mélange inégal de bruissements vagues et prolongés, entremêlés de sons brefs et aigus, ressemblant à des plaintes. Elle formait alors un ensemble qui n'a rien d'analogue parmi nous. Oui, un bras invisible devait présider à cet émouvant concert, et le chœur inconnu qui était placé sous ses ordres devait obéir à son geste avec la même ardeur et le même amour que les vagues au vent de la tempête, car l'harmonie qui remplissait la nef et qui passait avec une indicible fougue par les tons les plus bizarres et les plus sauvages, révélait, en vous épouvantant, une puissance voisine que vous ne pouviez voir, un monde voisin que vous ne pouviez envahir. Oui, cette musique était une musique de l'autre monde! Elle supposait un voisinage si périlleux, que je ne pus envisager de sang-froid les terribles conséquences du trouble que j'allais causer. Quel tumulte parmi cette foule, lorsque j'accomplirai ma sacrilége intervention? Que pourrai-je seul avec mon corps, de chair et d'os (d'os surtout), contre une armée d'esprits, que le brillant appât d'une vie à ravir va rendre impitoyables? On me convoite déjà sans doute, moi le seul muni de muscles et de sang et d'un cœur qui batte encore. Sans leur avoir rien fait, ne suis-je pas par là leur plus odieux ennemi? Que demandent-ils maintenant, sinon l'occasion d'assouvir sur moi la haine qu'ils ont contre la vie? Ils savent que je ne puis leur échapper et attendent que je donne moi-même le signal de ma perte. O ciel, ce mariage serait-il une horrible comédie montée contre moi par les peuplades invisibles et Anna, le séduisant appât dont elles se sont servies pour m'amener dans le piége? Je fus si bouleversé par ces diverses réflexions, que je n'eus plus guère dans la suite de perceptions distinctes. J'aperçus bien un chapelain sur les marches de l'autel, un chapelain digne en tous points des endiablés fidèles qui remplissaient la chapelle, que vous dirai je? Une ombre vaine et plate, un peu moins vivante que les saints coloriés qui dessinaient leurs raides contours sur les vitraux de la grande fenêtre. Mais je ne sais ni par où ni comment il était venu. Enfin, je vis se lever les deux fiancés, et au frémissement de mauvais augure que j'entendis circuler dans l'assistance, je compris que le moment fatal était venu. Allais-je tenir ma promesse? Fallait-il, au contraire, commettre une lâcheté? Et cette faiblesse suffirait-elle à me tirer d'embarras? Telles furent les idées qui s'entrechoquèrent dans ma cervelle. Mais mon hésitation ne fut pas longue. Je me levai et je sortis de mon banc: Anna se détourna rapidement vers moi, mais mon esprit troublé ne sut pas reconnaître de quel ordre de sentiments le feu de son regard voulût être l'interprète. Etait-ce encouragement ou moquerie? Etait-ce sauvage plaisir ou profonde reconnaissance? Je ne le saurais dire, de sorte que cette belle jeune fille de par delà la tombe est restée pour moi une insoluble mais délicieuse énigme. Quelques femmes en ce monde-ci gagneraient à n'être pas plus complétement connues! Je m'avançai entre les deux jeunes gens, les cheveux certainement hérissés, le corps indubitablement couvert de sueur, la bouche sèche sans contredit et la langue totalement paralysée, car il me fut impossible d'articuler le moindre mot. Mais j'étendis le bras entre les deux fiancés, et mon geste, rendant mon intention sans en préjuger les motifs, signifia ouvertement que je mettais Rodolphe à l'écart. Quelle effroyable confusion suivit cet audacieux scandale! Le chapelain sauta brusquement en arrière, le vieux Monsieur et son épouse bondirent sur leurs siéges et vinrent retomber à mes côtés, et tous les spectres, s'élançant du fond de la chapelle, accoururent auprès de nous et tourbillonnèrent autour du groupe. Je voyais mille yeux fixés de près ou de loin sur les miens. Ceux de Rodolphe lancèrent des flammes, j'entendis ses dents claquer de colère, et je sentis un bras vigoureux qui rabattait le mien et me prenait au collet Je résistai en désespéré, et, le saisissant à mon tour, j'essayai mais en vain de le faire lâcher prise Je crus sentir alors les mains froides et maigres de la vieille dame chercher une place sous ma cravate; je frémis à l'horrible contact d'une face osseuse que je crus être celle du vieux monsieur; mes yeux se couvrirent d'un nuage épais, au travers duquel il me sembla voir une ronde infernale se former autour de nous et tracer des cercles à l'infini; il me sembla voir mille lueurs confuses voltiger çà et là et passer en sautillant. Les personnages mêmes des vitraux me parurent s'animer sur leurs châssis et se livrer comme des ombres chinoises aux plus excentriques divertissements. Alors le nuage qui pesait sur ma vue s'épaissit tout à fait, je me débattis violemment pour échapper du même coup à cette foule acharnée, ou périr en une fois, mais le même bras me tenait toujours et plus solidement que jamais. J'ouvris la bouche pour demander le brin de paille auquel se rattache tout noyé, et j'eus le bonheur de pouvoir pousser un cri ... Ce cri me fit ouvrir les yeux.... Ouf! Quoi, plus personne! ni fiancée, ni chapelain et pas même de chapelle! Où suis-je? La plus paisible obscurité règne autour de moi et une pluie fine me prouve sans réplique que nous sommes en plein air! Je dormais donc? Ah! tant mieux. Mais qu'est-ce? O prodige! Un homme me tient tout de bon au collet. Cet horrible rêve n'est donc pas fini, ou plutôt c'est la réalité, et c'en est fait de moi. Incertain si j'étais ou non éveillé, dans quel lieu et dans quel monde je me trouvai, je ne pus que m'écrier d'une voix étranglée: « Lâchez-moi ! »

— Je ne demande pas mieux, répondit une bonne grosse voix, mais vous me tenez trop bien pour cela.

J'ouvris les mains, qui, paraît-il, s'étaient fixées au col de la peau de chèvre de ce nouvel interlocuteur, et, en effet, je me trouvai libre.

Les impressions par où je venais de passer avaient été si vives, qu'il m'était difficile encore de les considérer comme un rêve ; les événements que je venais de traverser m'avaient semblé si réels, que je ne pouvais me résoudre à y voir une illusion. Aussi, au premier moment, me trouvai-je dans un état fort peu lucide, qui me laissait croire que je n'avais pas changé de région, et me faisait prendre la scène actuelle pour une continuation des scènes précédentes. J'en avais tant vu ! Je restai donc d'abord silencieux et hébété, et ce ne fut que peu à peu que la fraîcheur de la pluie et les paroles de mon compagnon parvinrent à me redonner mon sang-froid.

— Savez-vous, Monsieur, qu'il est dangereux de dormir ainsi en plein air, par une nuit pareille et au milieu des routes. Je ne vous ai pas sans doute sauvé d'un rhumatisme, mais je vous ai sûrement évité d'être écrasé par quelque voiture. Comptez-vous donc qu'on viendra se promener dans la boue et par la pluie tout exprès pour vous relever ? Ah ! vous avez du bonheur que mon beau-frère Marmiteux m'ait retenu à souper ; sans cela, mille paquets de cartouches ! vous étiez sûr de périr sur la place ou d'y rester jusqu'au matin. Aussi, peut-on s'arrêter à dormir au milieu d'une tempête comme il en faisait une tout à l'heure ! Quel drôle de goût pour un Monsieur de la ville, qui doit avoir plus d'un lit à sa disposition ! hum !

Je le laissais parler sans lui répondre, uniquement pour entendre le son de sa voix. Cette musique retentissait délicieusement à mes oreilles, et je me sentais remettre graduellement en possession de moi-même.

« C'est qu'encore vous pouvez vous flatter de m'avoir fait une belle peur! Je vous aperçois tout à coup, au moment de vous marcher dessus. Je me penche pour vous relever et voir si vous n'êtes ni mort ni malade, et voilà qu'à peine remué, vous me sautez au collet comme un furieux, et que vous cherchez à m'étrangler. Ah! mille paquets de cartouches! je crus être tombé sur un sournois de brigand, qui faisait le mort pour mieux m'assassiner, et je vous ai tenu bon à mon tour. Excusez si je vous ai fait mal. Vous n'êtes pas un voleur, au moins?

— Pas le moins du monde.

— Pourquoi m'étrangler alors?

— Est-ce que vous croyez que j'allais vous laisser épouser Anna?

— Ah! ah! quelle bonne farce! Le cantonnier Grattecaillou n'est plus à marier, cher Monsieur, il y a trente ans que la sottise en est faite. Que venez-vous me parler de mademoiselle Anna? Il ne faudrait pas dire de ces choses-là devant ma bonne femme, au moins. — Il est fou, le pauvre jeune homme, ajouta-t-il à demi-voix, je m'en doutais bien.

Je ne perdis pas cette courte réflexion, et elle fut d'un excellent effet pour précipiter mon réveil.

— C'est vrai, m'empressai-je de répondre, je ne sais ce que je dis, excusez-moi, c'est sans doute l'âpreté du vent...

— Il n'y a pas de mal. Eh bien! qu'allez-vous faire maintenant? Où demeurez-vous?

— A Angers.

— Seriez-vous à pied, par hasard?

— Non, vous m'y faites penser. J'ai un cheval et une voiture.

— Ah! tant mieux, dit le brave homme en me prenant par le bras, je vais vous y conduire. Où est-elle cette voiture?

— Ah! diable, j'y songe, elle est restée au château.

— Eh bien! allons au château.

— Un instant! m'écriai-je, en dégageant mon bras avec vivacité, je n'y retourne pas de sitôt dans ce maudit château. Serviteur!

— Qu'est-ce qu'on vous a donc fait dans ce château-là ?

— Bon ! j'y pense maintenant, rien du tout. Je n'y suis même pas allé ! Y a-t-il même un château ? Je vous demande pardon ; je déraisonne encore. C'est le froid de la nuit probablement. ...

— Il n'y a pas de mal Est-il fou, au moins, dit le bonhomme entre ses dents, l'est-il, ce pauvre monsieur ?

Cette seconde réflexion fut saisie au passage comme la première. Je voulus en détruire le malheureux effet.

— Mon cheval et ma voiture, dis-je, en prenant le cantonnier par un bouton, et affectant le ton qui me parut le mieux signaler un homme de sens rassis, doivent être quelque part. Où ? je l'ignore. J'étais avec eux en partant de Vern, bien certainement. Il est de même incontestable que je suis sans eux à cette heure. Il faut donc que nous nous soyons séparés dans l'intervalle. Mais comment ? Je ne le sais.

C'était vrai. J'avais de plus donné à mon explication le tour le plus clair et la forme la plus logique qu'il était possible de trouver ; mais la vérité n'est pas toujours vraisemblable, et elle ne l'était guère ici ; aussi n'obtint-elle auprès du bonhomme qu'un succès de fou rire, et les efforts heureux que j'avais faits pour traduire le fait en raisonnements irréfutables, furent pris tout simplement pour le comble de la déraison. Je n'essayai pas d'aller contre : je n'avais pas affaire à un philosophe Ecossais, mais bien à un cantonnier Angevin, qui s'entêtait à ne pas confondre le raisonnement avec la raison. Je me sentais d'ailleurs écrasé par les circonstances : puisque le château que j'avais touché n'était plus qu'un château imaginaire, Rodolphe, Anna et sa famille, que j'avais de mes yeux vus, des personnages fictifs, je ne savais plus où poser la limite du vrai et du faux dans ce qui m'était arrivé ; je n'étais plus même sûr d'avoir été heurté dans l'obscurité par un conducteur maladroit, et j'ignorais s'il fallait mettre ma chute soudaine dans la catégorie des faits réels ou dans la classe des événements imaginaires. Ce doute fit que je ne parlai pas au cantonnier de cette dernière circonstance, craignant de passer cette fois pour complétement aliéné, et de me voir arrêté par lui comme vaguant sans guide sur la voie publique.

— Laissons cela, dis-je au bonhomme, où suis-je, s'il vous plaît, et à combien d'Angers?

— Vous êtes sur la route impériale n° 162, sur ma route, dans les bois d'Avrillé, à trois quarts de lieue des premières maisons du faubourg Saint-Jacques.

— Oh alors! je suis sauvé. Je préfère de beaucoup finir la course à pied pour me réchauffer les membres, et secouer un peu l'humidité dont je me sens imprégné. Et, en même temps, je me frottai l'épaule, croyant y sentir je ne sais quelle raideur inusitée. « Pouvez-vous me dire l'heure?

— Il est environ minuit et demi, cher Monsieur.

— Impossible, répondis-je d'un ton assuré et enchanté de le trouver à son tour en défaut et battant la breloque, il est pour le moins quatre heures du matin. »

Niais que j'étais! Je retombais encore dans mes erreurs. Je me disais que depuis le moment qui précéda ma chute, moment où j'avais si bien compté minuit, mon voyage avec Anna, et mon séjour au château de ses pères, avaient dû occuper un peu plus d'une demi-heure.

— Ah! dix mille paquets de cartouches, Monsieur, je ne vous céderai point là-dessus, s'écria le brave cantonnier; si j'avais encore la montre que je portais au siége d'Anvers, et qui ne variait pas d'une minute par garde, je vous ferais bien voir que vous êtes dans votre tort. Mais je l'ai donné à ma bonne femme le jour même de mes noces. Quatre heures du matin! Bon Dieu! y pensez-vous? Suis-je un homme à courir les routes à pareille heure? Je suis parti à minuit de chez mon beau-frère Marmiteux, vous le connaissez peut-être, celui qui tient l'auberge de la Tête de Maure, à l'entrée du faubourg, et si je ne marche plus comme je le faisais au siége d'Anvers (j'étais dans la division Achard), je ne suis pas homme encore à mettre quatre heures pour faire une lieue, entendez-vous.

— Nous allons voir cela, dis-je, pensant assez tard que j'avais sur moi une montre excellente pour me dire l'heure, bien qu'elle n'ait pas servi au siége d'Anvers. Je la fis sonner et j'entendis marquer minuit.

— Vous avez raison, ma foi, je ne sais vraiment à quoi je pense : excusez-moi, c'est l'humidité de la pluie probablement. .

— Il n'y a pas de mal, répondit le bonhomme en hochant silencieusement la tête, se répétant sans doute à lui-même cette phrase que j'avais deux fois surprise.

Je ne cherchai pas à le faire changer d'avis : il m'aurait fallu remuer des montagnes d'apparences.

Je le remerciai chaudement du service qu'il m'avait rendu ; je refusai l'offre qu'il me fit obligeamment de me reconduire jusqu'à Angers, ou de me recevoir dans sa maison, qui était peu éloignée de la route ; et ne voulant pas froisser sa franche nature en lui offrant de l'argent, j'eus l'idée de prendre mon porte-cigares et de le lui vider dans la main. Il accepta avec plaisir, et je crois qu'à ce moment je lui semblai un peu moins fou.

— Vingt mille paquets de cartouches, je ne refuse pas, Monsieur, quoique vous m'en donniez trop, en vérité. Gardez-en quelqu'un pour continuer votre route. Depuis trente ans, croiriez-vous, Monsieur, que je n'ai fumé que la pipe, car le cigare est un peu trop cher pour nous autres, pauvres gens. Savez-vous quand j'ai fumé mon dernier : c'était en revenant du siége d'Anvers. Ah! nous en avions dans ce pays-là des cigares à discrétion ; le soldat fumait, et çà ne lui coûtait rien. Les habitants, Monsieur, nous bourraient de tabac à en faire des litières. Allons, je vais en brûler un tout de suite, rien que pour voir, et vous en allumerez un autre avec moi. Et il se mit aussitôt à battre le briquet. « Je suis sûr que ce cigare-là va me faire plaisir, ajouta-t-il. Et ma bonne femme, quelle mine elle va faire quand elle ne verra plus ma pipe. « Vieux fou, va-t-elle me dire, tu as donc trop d'argent que tu l'emploies à faire le muscadin. Ça te va joliment cette machine-là, comme une coiffe à la queue de notre vache. Sois tranquille, ta fumée nous servira quand il s'agira d'acheter du pain. Ah ! c'est une bonne femme, ma femme, mais une luronne.. »

— Elle n'a pas fait le siége d'Anvers, dis-je avec aplomb, pensant qu'étant réputé fou, je pouvais risquer cette demande, sans craindre que le bonhomme s'en fâche.

— Non, Monsieur, non, répondit-il sérieusement, je l'épousai en rentrant du service. C'est la sœur de Marmiteux, chez qui j'ai soupé ce soir. Vous le connaissez peut-être....

L'amadou ayant enfin pris feu, mon éloquent sauveur fut forcé d'interrompre sa conversation pour allumer son cigare. J'en fis autant du mien, je lui réitérai mes remerciements, nous nous donnâmes une franche poignée de main, et nous nous séparâmes les meilleurs amis du monde. Etait-ce en effet du souper pris chez son beau-frère, ou un résultat produit par ce cigare, qui venait rompre une prescription trentenaire, toujours est-il que j'entendis le bonhomme chanter à pleine voix certains couplets probablement nés sous le bastion Saint-Philippe.

Et nous v'là-z-entrant
Chez les bons paysans :
Apportez-nous du vin rouge ou du blanc,
Apprêtez-nous du bon fricot
De bœuf ou de veau,
Mais pas d'haricots,
Sans quoi, Madame, nous plumerons
Vos dindons!

J'eus envie de me faire un porte-voix de mes deux mains, pour lui demander si c'est en application de ces principes qu'il avait récolté tant de tabac pendant la campagne de Belgique, mais j'eus peur qu'il ne prît prétexte de là pour me conduire dans la tranchée, et me raconter la capitulation, ce qui m'eût mené beaucoup trop loin; je le laissai continuer sa route et sa chanson, et pris résolûment le chemin d'Angers.

« Ainsi, me dis-je tout en marchant, ce que je viens de voir doit être relégué au rang des chimères, et je dois bien me convaincre que je n'ai jamais quitté la grande route! En vérité, je ne pourrai parvenir à me le persuader. J'abandonnerais encore Rodolphe et ses deux acolytes, mais Anna, Anna, dont je sens encore la taille entre mes bras et les lèvres sous les miennes, je ne veux pas la sacrifier, ce n'est pas une illusion qui m'aurait aussi vivement frappé. J'aime mieux croire à l'impossible, que d'admettre une explication qui la supprime.»

Cette explication, qui me débordait malgré moi et que le lecteur devine, est celle-ci : Le vin des Bruandières, aidé de tes dix-sept ans, t'a fait voir une maritorne sous un aspect délicieux (une maritorne, ah! que c'est dur!). Pendant ton retour, une demi-somnolence t'a surpris sur ton siège ; une voiture t'a heurté, parce qu'elle était comme la tienne, sans lanternes ; tu as été jeté sur la route, et le choc, au lieu de te réveiller, n'a fait que confirmer ton étourdissement, parce que celui-ci venait de ton intempérance. Le sommeil t'a pris à l'endroit où tu étais tombé, car il n'attend pas que vous vous soyez mis au lit, et pendant ce temps-là il t'a été loisible de rêver, et tu aurais pu débarquer en Chine, ou descendre aux enfers aussi facilement que tu es entré au château de Rodolphe.

— Mais, Monsieur le lecteur, on ne rêve pas des particularités comme j'en ai raconté sur ce château.

— Vous aviez en mémoire le château au P... B..., situé à 6 lieues d'Angers, et qui ressemble assez à celui que vous avez décrit.

— Il est vrai que je l'avais visité l'avant-veille. Soit, mais m'expliquerez-vous comment une demi-heure a pu suffire pour fournir une course aussi longue, assister à tant de scènes bizarres et me trouver mêlé à tant d'horreurs.

— Vous auriez pu mettre encore moins de temps, car je vous apprendrai que les états de conscience se succèdent avec une prodigieuse rapidité, lorsqu'on se place dans certaines conditions. Pendez-vous, par exemple, aux trois quarts, ou noyez-vous aux sept dixièmes ; et vous verrez si ce temps passera avec la même lenteur que si vous étiez resté à fumer votre pipe au coin du feu. Cela vient de ce qu'en raison de la position ou du milieu où vous vous placez, le sang se rend au cerveau sans rien perdre de son carbone.

— Voilà un renseignement dont je vous suis fort obligé. Je vous crois sur parole et n'en vérifierai pas l'exactitude. Mais avez-vous remarqué que dans mon aventure, il n'est question ni d'eau ni de potence, et que j'ai dormi tout le temps, comme vous le dites.

— Eh bien, le même effet peut se produire pendant le sommeil, bien que ce soit plus difficile et plus rare. Ignorez-vous ce fameux exemple du rêve de M. de Lavalette. En 1815, il vit une nuit passer au grand galop, par la rue St-Honoré, une troupe innombrable de cavalerie, hommes et chevaux, écorchés, décharnés, suant le sang, suivis d'une immense quantité de chariots d'artillerie, remplis de cadavres. Avec son coup d'œil d'homme spécial, il jugea que cet effrayant défilé avait duré 5 heures, et cependant il n'avait dormi que 10 minutes.

— Puisque pareille chose est arrivée à un homme aussi compétent qu'un directeur de poste, je n'ai plus rien à dire. Soit, lecteur, j'ai dormi et je veux bien avoir rêvé.

Je reprends maintenant mon récit, ne pouvant décemment laisser mon héros, c'est-à-dire moi-même, avant de l'avoir ramené jusque chez lui.

Ce n'est pas, je l'avoue, sans un grand embarras que je voyais apparaître les premières maisons d'Angers, car j'avais à rendre à ma famille un terrible compte de la mission qu'elle m'avait confiée : le rendez-vous était franchement manqué, et à la carte du souper j'étais obligé d'ajouter un cheval vivant et une véritable voiture. Quelle figure fera-t-on, quand on lira cet acte additionnel, je serai perdu de réputation et jugé incapable de faire un pas tout seul. Enfin, je dirai avoir été heurté et renversé par un voiturier ivre-mort, je raconterai que mon cheval prenant les devants, ce fut en vain que j'essayai de le rejoindre; j'ajouterai que la famille la plus difficile ne peut exiger que son héritier courre aussi bien qu'un cheval, fut-il de louage, et que s'il a été volé ou s'il s'est égaré, nous avons encore l'espoir de le retrouver, peu de chevaux, en effet, pouvant rivaliser avec celui-là de maigreur et de mauvaise mine. — A peine entré en ville, je me rendis malgré l'heure avancée chez M. Sacabrides, pour lui reprocher les allures de son associé, et discuter éventuellement sur le prix de son cheval et de sa voiture. J'arrivais devant sa porte tout occupé du meilleur plan à suivre, et préparant d'avance le marchandage le plus diplomatique, quand je me heurtai contre un attelage collé presque au mur de la maison. Un vague espoir me traversa l'esprit; j'examinai, je touchai. Oh ciel! j'étais sauvé! c'était mon cheval, que son instinct avait ramené à l'écurie. Ah! respirons, quel fardeau de moins à soulever, car, enfin, mes explications sur la fuite de cet animal m'auraient coûté bien des efforts. J allais l'embrasser de plaisir, lorsque la réflexion survint et je lui lançai une ruade: la première faute ne remontait-elle pas jusqu'à lui? Le plus profond silence cependant régnait dans la maison, je compris que personne ne s'était encore aperçu de l'arrivée de la voiture, et que je pouvais en toute sûreté déchirer un feuillet du livre de l'histoire. J'allumai donc tranquillement les lanternes, je montai sur le siége, m'enveloppai avec soin de la couverture que je retrouvai sur les coussins, je pris le fouet d'une main et les rênes de l'autre, et quand tout fut prêt: « Ohé ho! Monsieur Sacabrides, ohé oh!... Il vint voir à la fenêtre qui osait faire un tel tapage, et descendit après m'avoir reconnu. Je lui remis son attelage avec mille reproches, je le payai d'un air très-mécontent et tout chargé des excuses et des meilleures promesses pour l'avenir; je rentrai enfin chez moi, l'épaule droite décidément endolorie. Ma famille, mieux éclairée que moi sur le moral des chevaux de louage, ne s'étonna pas que j'aie été joué par l'un d'entre eux, et toutes mes aventures n'eurent immédiatement aucune fâcheuse conséquence Je dis immédiatement, car trois mois plus tard j'en ressentis un terrible contre coup. Réelle ou imaginaire, la physionomie d'Anna n'était point sortie de ma mémoire; je l'avais sans cesse devant les yeux. Mon travail en souffrait visiblement, car les beautés de la science avaient toujours tort auprès de celle de ma déesse. Je fus donc refusé au baccalauréat, pour avoir écrit, sous l'empire de cette idée, des énormités sur le coefficient de dilatation. Ma composition se trouva être un véritable roman scientifique, mais l'échec qui la suivit prit place malheureusement parmi les réalités. Je rejettai toute la faute sur des bandes d'enfants qui étaient venus dans le jardin de la préfecture jouer du tambour, juste sous les fenêtres de l'Orangerie où nous étions enfermés, et ne m'en tourmentai pas davantage sur le moment. Ce qui étonnera peut-être le lecteur, c'est que possédé à ce point par l'image d'Anna, je ne sois pas retourné à Vern prendre de ses nouvelles à l'auberge du Canonnier français. Eh non ! lecteur, non, j'avais tant de plaisir à entretenir ma fiction, que je redoutais pour elle les moindres atteintes de l'examen. Mon temps d'ailleurs se trouva pris à Paris par un mélange attachant de travaux et de plaisirs, et ce ne fut que cinq ans plus tard que passant à Vern par hasard, l'idée me vint d'aller aux renseignements. Anna était depuis longtemps déjà oubliée et remplacée, et je ne craignais plus d'être désenchanté à son égard. Ma recherche était purement de curiosité. J'entrai donc dans l'hôtel, et vis d'abord mon petit salon occupé par deux braves rouliers, en train de dîner et servis par une forte et fraîche fille, Mlle Césarine Froiddanguille, qui n'avait rien de commun avec Anna. Son acolyte, Mlle Perpétue Raclenavet, s'en éloignait encore davantage. Je demandai au maître de l'hôtel, M. Beaulardon, si, en 1854, il n'avait pas eu chez lui une servante de telle et telle façon et portant le nom d'Anna. Il me répondit qu'étant entré en possession de l'hôtel le 25 juillet 1856, il ignorait ce qui s'y était passé auparavant ; son prédécesseur Nicomède Hoschepot avait quitté le pays après avoir cédé, et son nouveau domicile était ignoré même de ses anciens voisins. « Cependant, ajouta M. Beaulardon, en se mettant l'index sur le front, de l'air d'un homme qui réfléchit profondément, je crois me souvenir qu'il avait à son service, quand je lui ai succédé, une fille assez jolie, appelée Anna Francbeignet. » Sa mémoire ne put lui fournir aucun détail de plus, et je fus forcé de me contenter de ce maigre renseignement. Anna Francbeignet fut-elle donc l'Anna de mes rêves ? Tel est le problème que je me pose sans émotion, et par lequel je termine ce récit.

www.ingramcontent.com/pod-product-compliance
Ingram Content Group UK Ltd.
Pitfield, Milton Keynes, MK11 3LW, UK
UKHW021503260726
13993UKWH00004B/1544

9 782329 272672